Milan Kundera

米兰·昆德拉

董强——译

Le rideau

帷幕

ŒUVRES DE MILAN KUNDERA

上海译文出版社

图书在版编目（CIP）数据

帷幕／昆德拉(Kundera，M.)著；董强译.
—上海：上海译文出版社，2014.8（2023.6重印）
（米兰·昆德拉作品全新系列）
ISBN 978-7-5327-6673-4

Ⅰ.①帷… Ⅱ.①昆… ②董…
Ⅲ.①随笔-作品集-法国-现代 Ⅳ.①I565.65

中国版本图书馆CIP数据核字(2014)第109375号

Milan Kundera
Le rideau
Essai en sept parties

图字：09-2005-395号

帷幕 Le rideau	MILAN KUNDERA 米兰·昆德拉 著 董强 译	出版统筹 赵武平 责任编辑 周 冉 装帧设计 杨林青

上海译文出版社有限公司出版、发行
网址：www.yiwen.com.cn
201101 上海市闵行区号景路159弄B座
杭州宏雅印刷有限公司印刷

开本890×1240 1/32 印张7.75 插页5 字数78,000
2014年8月第1版 2023年6月第5次印刷

ISBN 978-7-5327-6673-4/I·4020
定价：72.00元

目 录

第一部分

对延续性的意识

对延续性的意识

听人讲过一件关于我音乐家父亲的趣事。有一次，父亲在某地跟朋友们在一起，突然从广播或留声机里传出了一曲交响乐的和弦。朋友们都是些音乐家或音乐爱好者，马上听出是贝多芬的《第九交响曲》。他们问父亲:“这是什么音乐?”而他在想了许久之后才回答:“听起来像是贝多芬的。”大家都强忍住笑：父亲居然没有听出是《第九交响曲》!“能肯定吗?”父亲回答道:“能。是贝多芬最后一个时期的作品。”“你怎么知道是他最后一个时期的?”于是父亲就让他们注意听其中的一个和弦连接，早些时期的贝多芬根本不可能用到它。

这件趣事大概只是一个聪明人的杜撰，但它却很好地印证了什么叫历史延续性，这是属于我们的文明(或曾经是我们的文明)的人区别于其他人的特征之一。在我们眼中，一切都是历史性的，是一系列或多或少带有逻辑性的事件、态度与作品的延续。很小的时候，我就自然而然、毫不费力地记住了我钟爱的一些作品确切的时间先后。无法想象阿波利奈尔在写了《图画诗》之后才写《醇酒集》，因为假如那样的话，他就会是另外一个诗人，他的作品就会有另外的意义！我既喜爱毕加索的每一幅画，又喜爱毕加索的作为一个长长历程的所有作品，我对其中各个阶段的延续了然于胸。一些著名的形而上学问题，如我们从哪里来，到哪里去，在艺术中都有着具体、清晰的意义，根本就不是没有答案的。

历史与价值

试想有这样一位当代作曲家，他创作出一部奏鸣曲，从形式到和弦到旋律都与贝多芬的相似。甚至进一步想象，这部奏鸣曲创作得如此恢宏，假如它真是贝多芬的创作，将会被列为他的杰作之一。然而，不管它多么美妙，假如出自当代作曲家之手，那只会成为人们的笑柄。至多人们会称许作者是位摹仿高手。

怎么可能呢！人们能在贝多芬的一部奏鸣曲中感受到美学愉悦，而假如是我们当代作曲家中的一位创作的具有同样风格、同样魅力的另一部奏鸣曲，从中就感受不到？这不是最大的虚伪吗？难道美感不是自发的，由我们的感性决定，而是由大脑的智性决定，受到对日期的了解的制约？

人们对此毫无办法：历史意识如此内在于我们对艺术的感知，所以时间上的颠倒（一部创作于今天的贝多芬的作品）将被自发地（也就是不带任何掩饰）视为可笑的、假的、不合时宜的，甚至是可怕的。我们对延续性的意识是那么强烈，以至于它在对每一件艺术作品的欣赏中都会介入。

结构主义美学的奠基人扬·穆卡若夫斯基一九三二年在布拉格写道："只有假设存在一种客观的美学价值，才能给予艺术的历史演变一个意义。"换句话说：如果不存在美学价值，艺术史将只是一个堆积作品的巨大仓库，作品的年代延续将毫无意义。反过来说：只有在一种艺术的历史演变背景下，才能感受到美学价值。

然而，假如每一个国家、每一段历史时期、每一个社会团体都有着它们自己的趣味，那么客观价值又何从谈起呢？从社会学角度来看，艺术的历史本身是没有意义的，它从属于一个社会的历史，就跟服饰、婚葬礼仪、体育或节庆的历史一样。狄德罗与达朗贝尔的《百科全书》中关于小说的词条就是这样看待小说的。该词条的作者若古骑士认为，小说发行量大（"几乎所有人都读"）、具有道德影响力（有时有用，有时有害），但没有任何属于自己的特定价值；而且，他几乎没有提及我们今天崇拜的任何一位小说家：既没有拉伯雷，又没有塞万提斯，也没有克维多、格里美尔斯豪森、笛福、斯威夫特、斯摩莱特、勒萨日、普雷沃神甫等人；对若古骑士来说，小说不具备独立的艺术与历史。

拉伯雷和塞万提斯。《百科全书》的编撰者没有提到他们并不为怪。拉伯雷根本就不在乎成不成为小说家，塞万提斯则以为自己只是为前代的怪异文学写了一个嘲笑的结束语。两人都没有把自己视为“奠基者”，只是在事后，渐渐地，由小说艺术的实践给了他们这一地位。之所以给予他们这一地位，并非因为他们是最早写小说的人（在塞万提斯之前已经有过许多小说家），而是因为他们的作品比别的作品更好地让人了解了这一全新的、史诗般的艺术的存在理由；因为对后人来说，他们的作品代表着小说最早的伟大价值；只是从人们开始在一部小说中找到一种价值，特有的价值，美学价值起，小说才在它们的延续中作为一种历史展现出来。

小说理论

菲尔丁是最早有能力思考一种小说诗学的小说家之一。《汤姆·琼斯》十八个部分中的每一部分都以讲述某种小说理论的章节开头（一种轻盈、赏心悦目的理论；因为一位小说家就是这样进行理论思考的：小心翼翼地保护他自己的语言，对学者的套话避如蛇蝎）。

菲尔丁是在一七四九年创作他这部小说的，也就是在《高康大》与《庞大固埃》之后两个世纪，在《堂吉诃德》之后一个半世纪。然而，尽管他自称与拉伯雷与塞万提斯同道，小说对他来说却一直是一种新的艺术，以至于他称自己是"一个文学新辖区的奠基者"。这个"新辖区"新到了尚无名称的地步！更确切地说，它在英语中有两个名字：novel（小说）与romance（罗曼史）。但菲尔丁自己不用这两个词，因为，"新辖区"乍一发现，就已经被"一大堆愚蠢可怕的小说（a swarm of foolish novels and monstrous romances)”入侵了。为了不使自己与自己鄙视的人混为一谈，他“特意回避小说一词”，用一个相当拗口却颇为精当的叫法来称呼这一新的艺术：一种“散文的、喜剧的、史诗的写作（prosai-comi-epic writing）”。

他试图定义这一艺术，也就是说确定它的*存在理由*，限定它所要照明、探索、理解的现实领域：“我们在这里向读者提供的食粮不是别的，就是*人性*。”这一说法看似平常；当时人们在小说中读到的是一些好笑的、带有说教性、供人消遣的故事，但仅此而已；没有人会赋予小说一个如此具有普遍性的目标，也就是如此苛求、如此严肃地审视“人性”的目标；无人会将小说上升到思考人之为人的高度。

在《汤姆·琼斯》中，菲尔丁正在叙述之际，突然停下，宣称其中的一个人物让他瞠目结舌；这个人物的行为让他觉得是“进入人这一奇特而美妙的造物的头脑的种种荒谬中最不可解释的荒谬”。事实上，面对“人这一奇特而美妙的造物”中“不可解释的”东西产生的惊讶，是驱使菲尔丁写小说的第一动机，是他发明小说的动机。“发明”（法语与英语中都是invention）对菲尔丁来说是个关键词。他用的是它的拉丁词源inventio，意即发现（即英语中的discovery，finding out）；小说家在发明他的小说时，发现了“人性”中直到那时还未知的、隐藏着的一面；因此，小说的发明是一种认知行为，菲尔丁将其定义为“一种对我们注视的所有对象真正本质的快速而机智的洞察（a quick and sagacious penetration into the true essence of all the objects of our contemplation）”。（这句话非常了不起；形容词“快速”—— quick —— 让人看出这是一种特殊的认知，直觉在其中起着根本的作用。）

而这一“散文的、喜剧的、史诗的写作”的形式呢？菲尔丁宣称，“作为一个文学新辖区的奠基者，我在该辖区中有颁布法令的一切自由。”而且他预先就保护自己，反对那些在他眼中是“文学的公务员”的评论家们试图强加于他的规则；对他来说 —— 这一点于我最为重要 —— 小说应以它的*存在理由*定义，以它需要发现的现实领域定义；相反，它的形式具有一种无人能够限定的自由性，其演变将是一种永恒的惊奇。

可怜的阿隆索·吉哈达

可怜的阿隆索·吉哈达想使自己上升为游侠骑士中的传奇人物。塞万提斯则正好为整个文学史做成了相反的事：他使得一个传奇人物下降，降到散文的世界中。散文：这个词并不仅仅意味着一种不合诗律的文字；它同时意味着生活具体、日常、物质的一面。所以，将小说说成是散文的艺术，并非显而易见之理；这个词定义着这一艺术的深刻意义。荷马并不去想，在无数次的肉搏之后，阿喀琉斯或埃阿斯的牙齿是否还完整无缺。相反，对于堂吉诃德和桑丘来说，牙齿却永远是一件烦心事，或者是牙疼，或者是牙没了。“桑丘，一定要知道，一颗钻石也不及一粒牙重要。”

但是，散文并非只是指生活的艰难或平凡的一面，它同时也指直到那时为止一直被人忽略的美：一些卑微的感情之美，比如桑丘对堂吉诃德的那种带有亲切感的友谊。堂吉诃德斥责桑丘饶舌放肆，指出在任何一部游侠小说中没有一个仆从敢用这样的语气与主人说话。当然没有：桑丘的友谊是塞万提斯对散文全新的美的发现之一。桑丘说："…… 一个小孩子也能让他在大中午相信是在黑夜：正因为他如此单纯，我爱他如自己的生命，他所有的奇特行为都不致让我离他而去。"

堂吉诃德之死因其散文化更令人感动，也就是说没有任何感情用事的一面。当时，他已经口述了他的遗嘱，然后，在整整三天里，他度过了生前的最后时光，身边都是些爱他的人。然而，"这并不妨碍外甥女吃饭，管家喝酒，桑丘还是那么好情绪。因为能继承一些东西是可以消除或缓解一个人死去的痛苦的。"

堂吉诃德向桑丘解释说，荷马和维吉尔并不将人物"依照原样本色描写，而是按他们应当成为的样子，昭示后代，作为德行的榜样"。而堂吉诃德绝非一个可以追随的榜样。小说的人物并不要求人们因他们的德行而敬仰他们。他们要求人们理解他们，这是大不相同的。史诗中的英雄总能获胜，或虽败也能将他们的伟大保持到生命最后一息。堂吉诃德败了。而且毫无伟大可言。因为，一切突然变得清晰：生活的本来面目就是一种失败。我们面对被称为生活的东西这一不可逆转的失败所能做的，就是试图去理解它。小说的艺术的存在理由正在于此。

“故事”的专制性

汤姆·琼斯是个弃儿。他住在奥尔华绥爵爷的乡村城堡里，爵爷保护他，教育他。年轻时，他爱上了索菲娅，邻居富家的女儿。当他的爱情公开时（第六部分结尾），他的敌人恶意中伤他，气愤之极的奥尔华绥将他逐出家门；于是他开始了长长的流浪生涯（这让人联想到“流浪汉小说”的结构：一个主角，“流浪汉”，经历一系列的奇遇，每次都遇上新的人物），只是到了最后（在第十七与十八部分），小说才回到主要的情节线索：在一连串令人惊讶的澄清之后，汤姆的出生之谜真相大白：他是奥尔华绥十分喜爱的、已经过世的姐姐的私生子；他胜利了，在小说的最后一章，娶了他喜欢的索菲娅。

当菲尔丁宣称他在小说形式上具有高度自由性的时候，他首先想到的，是拒绝将小说简化为被英国人称为“故事”的一系列行为、动作和话语的因果链接，这一因果链接号称能构成一部小说的意义与实质；他反对“故事”的这一绝对权威，尤其争取通过他自己的讨论与思考的介入，换句话说，通过一些离题，将叙述“随时随地”中止的权利。然而，他本人也使用“故事”一词，仿佛它是确保一个结构的统一性、将首尾连接起来的惟一可能的基础。所以，他用婚姻这一皆大欢喜的结局，在喜庆的锣鼓声中结束了《汤姆·琼斯》(尽管可能是带着一丝隐秘、讽刺的微笑)。

从这一视角来看，约十五年之后面世的《项狄传》就可以被视为对“故事”的首次彻底、完全的罢免。假如说菲尔丁为了在长长的因果链接的走廊中不至于窒息，到处打开离题和插叙之窗，那么，斯特恩已完全摈弃了“故事”；他的小说，总体上只是不断增多的离题，一个由插叙组成的快乐的舞会，其统一性故意显得脆弱，滑稽的脆弱，只靠几个与众不同的人物来联缀，而他们那些微不足道的行为的无意义让人觉得好笑。

人们喜欢将斯特恩与二十世纪小说形式的那些伟大的革新家相比；这一点也不错，但斯特恩不是一个“被诅咒的诗人”；他是受到广大读者欢迎的；他那伟大的罢免“故事”的举动，他是微笑着，大笑着，开着玩笑完成的。而且没有人指责他难读和读不懂；假如他让有些人感到不舒服，那是因为他的轻佻，他的轻浮，而且更多的是由于他所处理的题材令人难以接受的无意义。

那些指责他的这种无意义的人可谓选择了一个准确的词。但我们不要忘了菲尔丁是怎么说的:“我们在这里向读者提供的食粮不是别的，就是人性。”而伟大的戏剧性行为难道真的是理解“人性”的最好的钥匙？难道不正相反，它们反倒像是竖起的、隐藏生活本来面目的障碍？我们最大的问题之一难道不就是无意义？我们的命运难道不正是无意义？而如果是的话，这一命运究竟是我们的不幸还是我们的幸运？是对我们的侮辱，还是相反，是我们的解脱，我们的逃逸，我们的田园牧歌，我们的藏身之所？

这些问题都是令人意想不到和具有挑衅性的。正是《项狄传》的形式游戏使这些问题得以提出。在小说的艺术中，对存在的发现与对形式的改变是不可分割的。

追寻现时时光

堂吉诃德已命在旦夕，然而，“这并不妨碍外甥女吃饭，管家喝酒，桑丘还是那么好情绪”。一时间，这句话掀开了将生活的非诗性隐藏起来的帷幕。但假如有人想更近地去审视这种非诗性呢？更仔细？一分一秒地审视？桑丘的好情绪，是如何表现出来的？他饶舌吗？他跟那两位女性说话吗？说什么呢？他一直都呆在主人的床边吗？

叙述者，顾名思义，就是讲述已经发生过的、成为过去的事情的人。但每一个小事件，一旦成为过去，就失去了它具体的特征，成为剪影。叙述是一种回忆，也就是一种概括，一种简化，一种抽象。生活的真实面目，生活的非诗性，只存在于现时。但如何讲述已经过去的事件，还原它们已经失去了的现时时光？小说的艺术找到了答案：在众多场景中表现过去。从本体论上来讲，场景就是现时，即使是用语法的过去式来讲述的：我们看得见它，听得到它；它在我们眼前展开，即时即地。

菲尔丁的读者在读他的书的时候，成了听众，一个才华出众的人以他讲述的东西使他们屏住呼吸。大约八十年之后的巴尔扎克则将他的读者变成了观众。他们注视一个屏幕（可以说是尚未诞生的电影银幕），巴尔扎克作为小说家的高明戏法让他们看见一系列场景，使他们目不转睛。

菲尔丁并不杜撰一些不可能的或让人难以相信的故事；然而，他不太在意他所讲述的是否显得逼真；他不靠现实的幻觉来让他的听众倾倒，而是靠他讲的内容的奇妙，靠他那些令人意想不到的观察，以及他营造出来的奇特场景的魔力。相反，当小说的魔力存在于场景的视觉与听觉的营造时，逼真性就成了不二法门：成为让读者相信他所看见的东西的必要条件。

菲尔丁对日常生活鲜有兴趣（他不可能相信平凡性也可以成为小说的一大题材）；他并不假装用隐秘的麦克风去偷听人物脑海中一闪而过的念头（他从外部去看他们，并就他们的心理提出一些睿智而常常滑稽的假设）；他讨厌描写，既不在人物的生理外表上着墨(您并不知道汤姆的眼睛是什么颜色),也不对小说的历史背景大书特书;他的叙述快乐地翱翔于场景之上。对于场景,他仅仅提到一些他认为对情节的明晰性和思考有用的碎片;汤姆的命运在那里展开的伦敦,与其说是一个真实的大都市,不如说更像是印刷在地图上的一个小圆点:街道、广场、宫殿根本没有描写,甚至连名字也没有提到。

在经历了连续几十年多次从根本上改变整个欧洲的一系列爆炸性事件之后,十九世纪诞生了。于是,在人的生活中,某种本质性的东西改变了,而且后来一直如此:大写的历史成为每一个人的经验;人开始意识到他将不会在他诞生的那一个世界去世;大写的历史的时钟开始大声敲响,到处敲响,甚至在小说里。在小说里,时间马上被计量了,被标注了日期。每一件小物品、每一张椅子、每一条裙子的形状都带上了很快会消失(改变)的印记。人们进入了描写的时代。(何谓描写?就是对暂时性的怜悯,对易逝之物的拯救。)巴尔扎克的巴黎就跟菲尔丁的伦敦不同;他的广场都有名字,他的房子都有色彩,他的街道都有味道与噪音,这是一个确切时代下的巴黎，是前所未有的、后来也永远不再有的巴黎。每一个小说场景都印上了大写的历史的标记（哪怕有时仅仅是靠一张椅子的形状或一套衣服的款式）。历史一旦从阴影中呈现，就不断地塑造与再塑造世界的面目。

小说进入了它伟大的世纪，它那人所共知、具有权力的世纪。在小说之路的上空，亮起一片新的星辰。于是形成了一种新的“关于小说的想法”，并一直主宰着小说的艺术，直到福楼拜，直到托尔斯泰，直到普鲁斯特；它使前几个世纪的小说进入半遗忘状态（一个不可思议的细节：左拉从未读过《危险关系》！），并使后来小说的改变成为很困难的事情。

“历史”一词的多重涵义

“德国史”、“法国史”：在这两个词组中，定语不同，但历史的概念具有同一意义。“人类史”、“技术史”、“科学史”、“某某艺术史”：不仅定语不同，甚至历史一词每次都代表不同的意义。

伟大的医生甲发明了一种治疗某种疾病的天才方法。但在十年后，医生乙又创立了另一种方法，更为有效，以至于前面的方法（而它并不失其天才的一面）被摈弃和遗忘。科学的历史具有进步的特点。

一旦用于艺术，历史的概念就跟进步没有任何关系；它并不意味着一种完善，一种改进，一种提高；它像是一次探索未知的土地、并将它们标识在地图上的旅行。小说家的雄心不在于比前人做得好，而是要看到他们未曾看到的，说出他们未曾说出的。福楼拜的诗学并不让巴尔扎克的显得无用，正如发现北极并不让美洲的发现变得过时。

技术的历史在很小的程度上取决于人，取决于他的自由；它遵从自己的逻辑，之前或之后不可能有什么不同；从这一角度来看，它是非人性的；假如爱迪生没有发明电灯，会有另一个人去发明。但假如劳伦斯·斯特恩没有突发奇想，去写一部没有任何“故事”的小说，那没有人会替他写，而小说的历史就不是我们所了解的了。

“一种文学的历史，与纯粹的历史相反，只能包括那些胜利的名字，因为在那里，失败对任何人来说，均非一种胜利。”于连·格拉克的这句闪亮的话正是切中了这样一个事实：文学的历史，“与纯粹的历史相反”，并非一系列事件的历史，而是价值的历史。如果没有滑铁卢，法国的历史就无法理解。但一些小作家甚至大作家的滑铁卢，就只能被人遗忘。

“纯粹的”历史，也即人类的历史，是不复存在的、并不直接参与我们生活的事物的历史。艺术史，由于是价值的历史，也就是对我们来说必要的事物的历史，永远是现时的，永远与我们在一起；在同一个音乐会上，我们同时听蒙特威尔地和斯特拉文斯基的音乐。

既然一直跟我们在一起，艺术作品的价值就总是在被人质疑，被人维护、评判、再评判。但如何评判它们呢？在艺术的领域内，对此没有确切的标准。每一个美学评判都是个人的赌博；但这种赌博并不囿于它的主观性，它在与别的评判相撞击，试图被人承认，企望达到客观性。在集体意识中，小说的历史，包括从拉伯雷到今天的漫长过程，就这样一直处于一种恒久的变化之中，参与其中的，有明智者与愚蠢者，有识者与无识者，而在这一历史之上，遗忘在不断扩展它那巨大的坟墓。在巨大的遗忘的坟墓里，与非价值一起，躺着那些未被足够评价、未被人认识或被遗忘了的价值。这一不可避免的不公平使得艺术的历史具有深刻的人性。

生活中骤然凝聚起的密度之美

在陀思妥耶夫斯基的小说中，时钟不断在敲响：“上午九点左右”是《白痴》的第一句话；这个时候，出于纯粹的巧合（是的，这部小说以一个巨大的巧合开始！），三个从未谋面的人在一个火车车厢内见面了：梅什金、罗戈任、列别杰夫；在他们的交谈中很快就出现了小说的女主人公，纳斯塔西娅·费利帕夫娜。十一点钟，梅什金去按叶潘钦将军家的门铃，十二点半，他与将军夫人和她的三个女儿共进午餐；在他们的谈话中，纳斯塔西娅·费利帕夫娜又一次出现：我们得知，某个抚养她的、叫托茨基的人想尽一切办法要将她嫁给叶潘钦的秘书加尼亚，而就在当天晚上，在为她二十五周岁生日举办的晚会上，她将宣布她的决定。午餐结束之后，加尼亚将梅什金带到了他的寓所，而纳斯塔西娅·费利帕夫娜如一位不速之客，也到了那里。不久，在同样无人预料的情况下（陀思妥耶夫斯基的每个场景都是节律性地来一些不速之客)，罗戈任，喝得醉醺醺的，跟其他几个醉汉一起到达。纳斯塔西娅家的晚会也在激动的状态下进行：托茨基耐不住地等待宣布婚讯；梅什金与罗戈任两人都向纳斯塔西娅表示爱慕之情，而且罗戈任还给了她一个放有十万卢布的包裹，被她扔进了壁炉。晚会在夜很深时才结束，同时结束的是小说四部分中的第一部分：大约二百五十页的篇幅，仅有一天中的十五个小时，而且不超过四个背景：火车、叶潘钦的家、加尼亚的寓所、纳斯塔西娅的寓所。

直到当时为止，事件如此集中地发生在如此紧凑的时间与空间中，这只在戏剧中才会出现。随着情节的极端戏剧化(加尼亚打了梅什金一个耳光；瓦丽娅朝加尼亚的脸吐唾沫；罗戈任与梅什金同时向同一个女人示爱)，一切属于日常生活的都消失了。这就是司各特、巴尔扎克、陀思妥耶夫斯基的小说诗学；小说家要在场景中把一切都说了，但对一个场景的描写又会占去太多的地方；保留悬念的必要性要求有一种情节的高密度；于是就出现一个悖论：小说家想保持生活非诗性一面的所有逼真性，但场景中事件那么丰富，那么多的巧合挤在一起，反而既失去了它非诗性的特点，又失去了它的逼真性。

然而，我在这一场景的戏剧化处理中看到的，并非一种简单的技巧上的必要，更非一种缺陷。因为这一系列事件的堆积，带着它们不同寻常与几乎不可信的特征，真是引人入胜之至！谁能够否认，当它们在我们生活中出现时，会让我们感到美妙！让我们愉悦！让我们无法忘却！巴尔扎克和陀思妥耶夫斯基（他是小说形式中最后一位巴尔扎克式的伟大作家）作品中的场景反映出一种完全独特的美，当然，是一种非常少见的美，但又是真实的，而且每一个人在他自己的生活中都遇上过（或至少触及过）。

突然想起了我年轻时放浪的波希米亚生活：我的那帮朋友宣称，对一个男人来说，最美妙的经验莫过于在同一天内连续上三个女人。并非作为一种机械的群交的结果，而是作为一种个人的艳遇，占尽机会、惊喜、闪电式诱惑意想不到的佐助之利。这种“三个女人的一天”是极其少见的，几乎只是一个梦，具有一种奇妙的魅力。这种魅力，在我今天看来，并非在于某种旺盛的性能力，而在于一系列快速相遇的史诗般的美。由于以前面一个女人为背景，每一个女人显得更加独一无二，而她们的三具躯体就像是在每个不同的乐器上奏出的三个长长的音符，统一在同一个和弦当中。这是一种非常特别的美，是生活中骤然凝聚起的密度之美。

琐事的力量

一八七九年,《情感教育》再版(初版于一八六九年),福楼拜在段落布局上作了一些改动:他一次也没有将一长段分为好几段,而经常是将几个段落联缀成更长的段落。我觉得这一做法显示出他深刻的美学意图:将小说非戏剧化;使它不再那么具有戏剧性("非巴尔扎克化");将一个行为、一个动作、一句对白放置到一个更大的整体中;将它们溶解于日常生活的流水之中。

日常生活。它并非只是无聊、琐碎、重复、平凡;它还可以是美;比如说氛围的魔力;每一个人都能从自己的生活中了解到:一首从隔壁寓所传来的柔和的乐曲;轻摇窗户的风;一个失恋女生心不在焉地听到的教师的单调声音;这些平常琐事的氛围在个人的隐私事件中打上无法摹仿的印记,从而使之在时间流程中脱颖而出,令人难以忘怀。

但福楼拜在对日常平凡性的审视中走得更远。上午十一点,爱玛到大教堂赴约，一声不吭地递给莱昂一封信，表示不愿再来往了。在此之前，两人只是暗恋。然后她就走开，跪了下来，开始祈祷；当她起身时，见到一名导游，提出带他们参观教堂。为了搅乱这次约会，她同意了，于是两人不得不一会儿傻立在一座坟墓前，一会儿抬头看死者骑马像，然后又去看其他坟墓，其他雕像，听导游的介绍。福楼拜原原本本地将导游冗长、愚蠢的介绍词记录了下来。莱昂气愤之极，忍无可忍，中断了参观，把爱玛拉到教堂前的广场上，叫住一辆马车，于是开始了那个著名的场景，我们什么也看不到，什么也听不到，只是时不时从马车中传出一个男人的声音，让车夫不断改道而行，让行程一直继续，让做爱的过程不断进行下去。

这个最著名的色情场景之一是由一个平凡之极的事件引起的：一个并无恶意的讨厌鬼，以及他那固执的饶舌。在戏剧中，一个重要的情节只能衍生于另一个重要的情节。惟有小说发现了无意义琐事的巨大而神秘的力量。

一次死亡之美

安娜·卡列宁娜为什么要自杀？从表面上来看，一切都很清楚：她身边的人一直以来不理睬她；她因见不到她儿子谢廖扎而痛苦；尽管弗龙斯基还爱着她，但她对他的爱感到害怕；她已经疲惫不堪，过于激动，而且病态地（并不公正地）感到嫉妒；她觉得自己在一个陷阱中。是的，这一切都很清楚；但难道陷入陷阱就一定自杀？有那么多人已习惯于在陷阱中生活！尽管我们可以理解她的痛苦是多么深，安娜的自杀依旧是一个谜。

当俄狄浦斯得知自己身份的可怕真相时，当他看到伊俄卡斯忒上吊自尽时，他弄瞎了自己的眼睛；从他一出生起，就有一种因果必然性在驱动着他，带着一种数学般的确定性，直至这一悲剧性的结局。但是，安娜第一次想到可能要死，是在小说的第七部分，是在没有任何特别事件发生的情况下；那是一个星期五，在她自杀前的两天；她因与弗龙斯基吵架而烦躁、而痛苦，突然就想起她在分娩不久之后激动地说出的一句话:“我为什么不一死了之?”接着,她在这一回忆上停留了很久。(要注意:并非她在寻找陷阱的出口时,逻辑地想到了死亡;而是一个回忆温柔地在她耳边提醒了她。)

第二天,星期六,她第二次想到了死:她对自己说:“惩罚弗龙斯基、再度赢得他的爱的惟一办法”,是自杀(所以自杀并非陷阱的出口,而是一种爱情上的报复);为了能够睡着,她服了安眠药,进入了一种关于她的死亡的感伤遐想;她想象弗龙斯基伏在她尸体上痛苦的样子;然后,想到她的死只不过是突发奇想而已,就又感到了一种莫大的生的快乐:“不,不,什么都可以,就是不能死!我爱他,他也爱我,我们已经经历过类似的事情,而且后来就一切都重归于好了。”

接下来的一天,星期天,是她死的那一天。早晨,他们又争吵了一次。刚等弗龙斯基出门去看他住在莫斯科郊外别墅的母亲,她就给他传了一封信:“是我不对。回家来,有话要说。看在上帝分上,快回家来,我害怕极了!”然后她决定去看嫂子多莉,去倾诉自己的痛苦。她上了马车，坐下，任凭思想在她脑海里自由地闪过。这并非逻辑的思考，而是一种大脑不可控制的活动，一切都混杂在一起，零碎的思考、观察、回忆等等。转动的马车是进行这样一个静静的独白的理想场所，因为在她眼前飞逝而过的外面的世界不断在维持着她的想法："公司和仓库。牙医。对了，我把一切统统告诉多莉。虽然很羞耻痛苦，可是我要把一切都告诉她。"

（司汤达喜欢在一个场景中切断声音：我们不再听到对话，开始追随一个人物的秘密想法；这时候，总是一种非常有逻辑而不散乱的思考，司汤达通过它向我们展示人物的打算，如何在审时度势，决定下一步的行动。而安娜的宁静独白没有任何逻辑，它甚至不是一种思考，而是在某个特定的时候在她脑海里出现的所有东西的汇流。因此，托尔斯泰将乔伊斯以系统得多的手法在《尤利西斯》中实验的、被后人称为内心独白或意识流的东西提前了大约五十年。托尔斯泰与乔伊斯两人被同一种顽固的念头萦绕：抓住在现时时刻内发生在一个人脑海中的、下一秒钟就一去不复返的东西。但两人之间还是有区别：托尔斯泰的内心独白并不像后来乔伊斯的一样，去探视普通、日常、平凡的一天，而是相反，探视他女主人公生命中具有决定性的时刻。而这一点要难得多，因为一个处境越具有戏剧性，越特别，越严重，叙述它的人就越容易去抹掉它具体的一面，忘掉它非逻辑、非诗性的一面，而换之以悲剧严密、简化的逻辑性。所以，托尔斯泰对一次自杀的非诗性的审视就是非常了不起的成就；是小说史上独一无二的“发现”，而且以后也永远不会有。）

安娜到了多莉那里，什么也说不出。很快她就离开，重新坐上马车而去；接下来是第二次内心独白：街景、观察、联想。回家以后，她看到了弗龙斯基的电报，告诉她他在乡下母亲家里，晚上十点以前回不来。早晨她在发出充满感情的呼唤（“看在上帝分上，快回家来，我害怕极了！”）时，等待的是一个同样充满感情的回答，由于不知道弗龙斯基并没有收到她的信，她感到受了伤害；她决定坐火车去看他；她又一次坐进马车，于是有了第三次内心独白：街景、一个带着小孩的女乞丐，“为什么她以为这样会引起别人的怜悯？难道我们不都是被扔到这片土地上来，让我们相互憎恨，相互造成痛苦？……啊，一群嬉闹的学生……我的小谢廖扎！”

她走下马车，坐进火车；此时，一种新的力量进入了场景：丑陋的力量；从车窗望去，她看到站台上有一个“身子畸形”的女人在跑；她“想象这个女人脱了撑裙后丑陋的样儿，就不由得骇怕……”女人后面跟着一个小女孩，“虚情假意地笑着”。出现一个男子，“污黑肮脏、面目丑陋”。最后，她面前坐下一对夫妇；她觉得他们“很讨厌”；男士向他妻子说些“无聊的话”。一切有理性的思考都远离了她的头脑；她的美学感觉变得极其敏锐；就在她离开人世的半个小时之前，她见到美已经离开这一世界。

火车停下，她走下站台。在那里，有人又给了她一封弗龙斯基的信，确定他晚上十点回来。她继续在人群中走，她的感官到处受到庸俗、丑陋和平庸的攻击。一列货车进站。突然，她“想起她与弗龙斯基第一次相会那天被火车碾死的那个人，顿时明白，她该怎么做了”。只是到了这一刻，她才决定死。

（她想起的被“碾死”的男子是在她生命中第一次见到弗龙斯基时掉下火车的一名铁路员工。这一对称结构，这一用在火车站的双重死亡的主题来框住她整个爱情故事的做法究竟意味着什么？是不是托尔斯泰的一种诗学处理？是他运用象征的一种方法？

我们再复述一下这个场景：安娜去火车站是为了再见到弗龙斯基而不是为了自杀；一到站台上，她突然有了一个回忆，被一个意想不到的、给予她的爱情故事一个完满、美丽形式的机会所诱惑；可以用火车站的同一背景和在车轮下死去的同一主题来连接起始与终结；因为，人生活在美的诱惑之下而不知情、而被存在之丑陋窒息了的安娜，对此变得尤其敏感。）

她走下几步台阶，来到了车轨旁边。货车驶近。“类似游泳入水前的那种感觉攫住了她的心……”

（这是一句绝美的话！在仅仅一秒钟内，在她生命的最后一秒钟，最高的严肃性与一个愉快、平常、轻快的回忆联想在了一起！即使在死亡的悲怆一刻，安娜也远离着索福克勒斯的悲剧之路。她没有离开非诗性的神秘之路，在这条路上，丑陋与美丽共存，理性让位于非逻辑，而谜终究还是谜。）

“她脑袋一缩，手臂前伸，坠于车厢之下。”

重复的耻辱

一九八九年捷克共产主义体制崩溃之后，我曾到布拉格小住几次，先前有一次，一个一直在那里生活的朋友对我说：我们这里需要的是一个巴尔扎克。因为你在这里见到的，是正在复辟一个资本主义社会，带着它所有的残酷和愚蠢，带着骗子和暴发户的庸俗。商业愚蠢已经取代了意识形态上的愚蠢。但这种经验颇具情调之处，还在于它将原来的经验清新地保留在自己的记忆中，在于这两种经验的相互渗透，而且，正如在巴尔扎克的时代，历史总是在上演着一些令人难以置信、情节错综复杂的戏剧。他接下来为我讲述了一个老人的故事。老人原是党内的一名高官，二十五年前，他促成他女儿跟一个被没收了财产的大资本家的儿子的婚姻，而且还很快让那个儿子有了很好的前途（作为结婚礼物）。今天，这位老干部正在孤独中度着残年。女婿的家庭收回了原先国有化的财产，而女儿为她的共产党员父亲感到羞耻，只敢偷偷摸摸在私底下见他。我的朋友笑着说：你想得到吗？这可是地地道道的高老头的故事呀！恐怖时代的强人成功地将两个女儿嫁给了“阶级敌人”，而到了复辟时代，他们就不愿再认他为父，搞得可怜的父亲永远都无法在公众场合遇到他们。

我们笑了许久。今天，我好好地思索这一串笑声。确实，我们为什么笑了？老干部有那么可笑吗？难道就因为重复了另一个人已经经历过的而可笑？可他什么也没有重复！是历史在重复。而要重复，就必须没有廉耻，没有智慧，没有品位。正是历史的糟糕品位让我们笑了。

这又使我想到了我的那位朋友的期待。难道波希米亚人正在经历的这个时代真的需要它的巴尔扎克？也许吧。也许，对于捷克人来说，读一读以巴尔扎克手法写出的关于他们国家重新资本主义化的小说，那种带着许多人物、鸿篇巨制的系列小说，是有用的。但任何一个配得上小说家之名的人都不会写这么一部小说。再写一部《人间喜剧》是件可笑的事情。因为假如说历史（人类的历史）可以有重复的糟糕品位，一种艺术的历史却是无法忍受重复的。艺术并非要像一面巨大的镜子，记录下历史的所有起伏、所有变化，以及它的无穷重复。艺术不是在历史的行进过程中紧紧追随每一个步伐的军乐队。它的存在是为了创造它自身的历史。将来有一天，欧洲所留下的，将不是它重复的历史，因为这本身没有任何价值。惟一有机会留存下去的，将是它的艺术的历史。

第二部分

世界文学

最小的空间中最大的多样性

不管是民族主义者还是世界主义者，扎了根的还是失去根的，一个欧洲人总会深深受到与祖国关系的制约；祖国问题在欧洲看来比别的地方更复杂、更严重，至少，是不同的。除此之外，还要加上另一个特别之处：在一些大民族之外，欧洲还有许多小民族，其中有好些在近两个世纪以来，已经获得（或者重新获得）了它们的政治独立。可能是它们的存在，让我理解了文化多样性是欧洲的一大价值。在俄罗斯想按照它的形象来重新塑造我那个小小民族的时代，我是这样表述我理想中的欧洲的：最小的空间中最大的多样性；如今，俄国人不再是我生长于斯的国家的主宰，但我的这一理想却更加受到了威胁。

所有的欧洲民族都经历着同样的、共同的命运，但每个民族都从自己的特殊情况出发，以不同的方式来经历。这就是为什么每一种欧洲艺术（绘画、小说、音乐等等）的历史就像是一场接力赛，不同的民族在一个接一个地传递着同一根接力棒。复调首先出现在法国，在意大利继续演变，在荷兰达到了令人难以置信的复杂程度，而在德国，在巴赫的作品中，最终完成；十八世纪英国小说在兴起后有法国小说的时代紧紧相随，接下来有俄罗斯小说，接下来又有斯堪的纳维亚半岛地区的小说，等等。如果没有这些不同民族的存在，欧洲艺术史中的活力与长久的生命力是不可想象的，正是这些民族多样的经验构成了一个永不枯竭的灵感源泉。

比如说冰岛。十三、十四世纪，在那里诞生了长达几千页的文学作品：萨迦。当时，不管是法国还是英国，都还没能在它们的民族语言中创造出类似的散文作品！我希望人们对这一事实进行最深入的思考：欧洲散文中最早的伟大文学珍品是在它最小的一个国家内创造出来的，这个国家，即使在今天，还总共不到三十万人口。

无法补救的不平等性

慕尼黑这个城市的名字已成为向希特勒投降的标志。但我们应当更具体一点：一九三八年秋，在慕尼黑，四个大国，德、意、法、英，共同协商了一个小国的命运，它们甚至否定了这个小国的发言权。在旁边一个小房间里，两名捷克外交官等了整整一个晚上，到早晨，才有人将他们带过长长的过道，引至一个大厅。在那里，疲倦而不耐烦的张伯伦和达拉第打着哈欠，向他们宣告了死亡判决书。

“一个我们所知甚少的远方国度（a far away country of which we know little）。”这一著名用语是张伯伦用来为牺牲捷克斯洛伐克辩护的。它是准确的。在欧洲，一边是大国，一边是小国；一边是坐在协商大厅内的民族，一边是整夜在候见厅中等待的民族。

区分小民族与大民族的，并非它们居民人口在数量上的多寡，而是更为深刻的东西：小民族的存在，对于它们自己来说，并非一件顺理成章、确定的事情，而总是一个问题，一种赌博，一种风险；面对大写的历史，它们总是处于自我防卫的姿态，因为这一历史力量超越着它们，根本不把它们放在眼里，甚至都看不见它们。（贡布罗维奇写过，"只有直面大写的历史，我们才可以直面当今的历史。"）

波兰人口跟西班牙人口一样多。但是，西班牙是一个传统的强大民族，在它的存在过程中，从未受到威胁，而大写的历史却教会了波兰人什么叫做不存在。他们没了国家，一个多世纪都在死亡的过道中生活。"波兰尚未死亡"是他们国歌的第一句，充满了悲怆。大约五十年前，维托尔德·贡布罗维奇在致切斯瓦夫·米沃什的一封信中，写下了任何一个西班牙人连想都不会想到的一句话："假如，一百年后，我们的语言还依然存在……"

我们可以试着想象一下冰岛的萨迦是用英语撰写的。它们那些主人公的名字在今天将会跟特里斯丹和堂吉诃德一样家喻户晓；它们独有的、介于编年史与虚构故事之间的美学特色，将会惹出成堆的理论；人们会为了是否可以将它们视为最早的欧洲小说而打起架来。我并不是说人们已经忘记了这些冰岛萨迦，在受到几个世纪的漠视之后，它们还在全世界的大学里被人研究；但它们已经属于“文学考古学”，不再对活生生的文学产生影响。

由于法国人不习惯区分民族与国家，我经常听到人们将卡夫卡说成是捷克作家（他从一九一八年起确实是捷克斯洛伐克公民）。显然，这个说法没有任何意义。难道还需要提醒吗，卡夫卡只用德语写作，而且毫不含糊地将自己视为德语作家。然而，我们可以想象一下，假如他是用捷克语写作，今天，有谁还会知道他的那些书？马克斯·布洛德费了九牛二虎之力，花了二十年的时间，在那些最伟大的德语作家的帮助下，才使得卡夫卡为世人接受！即使一个布拉格的出版商成功出版了一位假想的捷克语卡夫卡的作品，也没有一位他的同胞（也就是说没有一个捷克人）会具备足够的权威，将他那些用一个“我们所知甚少的”遥远国家的语言撰写的美妙文字晓示全世界。没有人，请相信我，假如卡夫卡是捷克人，今天没有人会知道卡夫卡是谁，没有人。

贡布罗维奇的《费尔迪杜尔克》一书是一九三八年以波兰语出版的。直到十五年之后才有一个法国出版商读了它并拒绝出版。又到许多年之后，法国人才可以在他们的书店中看到这本书。

世界文学

人们可以将一部艺术作品放入两种基本的环境中：或者是它所属的民族的历史（我们可以称之为小环境），或者是超越于民族之上的它的艺术的历史（我们可以称之为大环境）。自然而然地，我们习惯将音乐放置到大环境之中：知道奥兰多·迪·拉索或者巴赫的母语是什么对一位音乐学家来说无关紧要；相反，一部小说，由于它与它的语言有联系，几乎在全世界所有的大学都只是在它的小环境中加以研究。欧洲没有做到将它的文学作为一种历史的整体来看待，而我将不遗余力地重复说，这是它在智性上无可补救的失败。因为，仅就小说的历史来看：斯特恩是对拉伯雷的回应，斯特恩又启发了狄德罗，菲尔丁不断向塞万提斯讨教，司汤达与菲尔丁试比高，在乔伊斯的作品中延续着的是福楼拜的传统，而正是在对乔伊斯的反思中，布洛赫发展起了自己的小说诗学，是卡夫卡让加西亚·马尔克斯明白了可以走出传统，“以另一种方式写作”。

我上面所讲到的，最早是歌德提出来的：“今天，民族文学不再意味着什么，我们进入了世界文学（die Weltliteratur）的时代。我们当中的每一个人都应当加速这一演变。”这在某种程度上来讲，就是歌德的遗嘱。但又是一个被背叛的遗嘱。因为翻开任何一本教科书，任何一本文集，全世界的文学在里面都是作为众多民族文学的并置来介绍的。作为各种文学的历史！各种文学，复数的！

然而，一直被本国人过低评价的拉伯雷的最好知音是个俄罗斯人：巴赫金；陀思妥耶夫斯基的最好知音是个法国人：纪德；易卜生的最好知音是个爱尔兰人：萧伯纳；詹姆斯·乔伊斯的最好知音是个奥地利人：赫尔曼·布洛赫。海明威、福克纳、多斯·帕索斯等北美一代伟大小说家的重要性，最早是由一些法国作家意识到的（福克纳一九四六年抱怨在自己的国家没有人理他：“在法国，我可是一个文学潮流之父”）。这些例子并非只是一些违背规律的奇异特例；不，这本身就是规律：地理上的距离使得观察者远离区域性环境，从而看到世界文学的大环境，只有这一大环境可以凸现一部小说的美学价值，也就是说：这部小说所照明的、在此之前存在中不为人知的方面；它所找到的形式上的新颖性。

我这样说是否意味着，要想评价一部小说，我们可以不了解它原文的语言？当然，这正是我想说的！纪德不懂俄语，萧伯纳不懂挪威语，萨特读多斯·帕索斯，也非原文。如果维托尔德·贡布罗维奇和达尼洛·基什的作品只取决于那些懂波兰语和塞尔维亚-科索沃语的人的评价，它们彻底的美学新颖性将永远不会被发现。

（那么那些外国文学的教授呢？他们的天职不就是在世界文学的大环境中研究文学作品？想都甭想。为了显示他们作为专家的本领，他们往往公开与他们所讲授的文学的民族小环境相认同。他们采纳这一小环境的意见，它的趣味、它的偏见。想都甭想。恰恰是在国外的大学，一部艺术作品深深陷入它本国语言的小区域中。）

小民族的地方主义

如何来定义地方主义？就是无法做到（或者拒绝）将它的文化放在大环境下来看。存在着两种地方主义：大民族的地方主义和小民族的地方主义。大民族抵触歌德关于世界文学的想法，是因为它们自己的文学在它们看来已经足够丰富多彩，可以对别人所写的不感兴趣。卡齐米日·布兰迪斯在他的《巴黎手记（一九八五至一九八七）》中写道："法国学生对世界文学的了解比波兰学生有更大的空白，但他这样是可以的，因为在他自己的文化中或多或少有着世界演变的所有方面、所有可能性和所有阶段。"

小民族对大环境有抵触，原因正好相反：它们高度敬仰世界文化，但世界文化在它们看来，像是某种陌生的东西，是它们头顶上的天空，遥远而不可及，是与本民族文化无多大关联的一种理想现实。一个小民族会向它的作家灌输一种信念，就是他们只属于它。一个作家将目光放及祖国的边界之外，在艺术超国界的领地与同行们相聚，会被认为是狂妄自大，是对本民族人的蔑视。而且，由于小民族经常会经历一些民族自身难保的处境，所以它们很容易把态度上升到一种道德评判的高度。

弗兰兹·卡夫卡在他的《日记》中就提到了这一点。从一个“大”文学的角度，也就是从德国文学的角度，他来观察用捷克语和犹太人的意第绪语写作的文学。他说，一个小民族对它的作家显示出很大的尊敬，因为他们使得它在“面对四周敌对的世界”时，可以产生一种自豪感；对一个小民族来说，文学“不是纯粹的文学史的事情”，而是“人民的事情”；正是文学与人民的不同寻常的交融，便利了“文学在国家中的传播，文学跟政治口号绑在了一起”。接下来，他得出了令人深省的观察结果：“大的文学中在下面发生、并构成了对整体建筑来说并非不可或缺的地窖的东西，在这里是在光天化日之下进行的；在那边只能引起人们一时围观的，在这里很容易就招来一纸生或死的判决书。”

这最后的几句话让我想起斯梅塔纳在一八六四年写的合唱诗中的诗句：“欢乐吧，欢乐吧，贪吃的苍鹫，人们为你准备了美食：

你将可以饱餐一顿一个祖国的叛徒……”这些血淋淋的、愚蠢的诗句，怎么会从这样一位伟大的音乐家口中说出？是因为年轻无知吗？这不是可以原谅的借口：他当时已经四十岁了。况且，在那个时代，做“祖国的叛徒”意味着什么？加入一些小型武装团体去枪杀同胞？不是：每一个情愿离开布拉格去维也纳并在那里平静过德国人生活的捷克人，都是叛徒。正如卡夫卡所说，在别处“只能引起人们一时围观的，在这里很容易就招来一纸生或死的判决书”。

民族对它的艺术家的占有是一种小环境的恐怖主义，它将一部或一件作品的所有意义都简化为该作品在本民族所起的作用。我打开樊尚·丹第在巴黎圣乐学校上作曲课的古旧油印讲义。这所学校在二十世纪初培养了整整一代法国音乐家。在讲义中有关于斯梅塔纳和德沃夏克的内容，尤其是关于斯梅塔纳的两首弦乐四重奏。我们可以学到什么？里面有一个说法，以不同的形式重复了许多次：这一“民间风格”的乐曲从“民族歌舞”中获得了灵感。没有别的了？没有。这可是一个平庸的说法，而且是一种曲解。说它是平庸的说法，是因为民间歌曲的痕迹到处可以找见，不管是在海顿、肖邦，还是在李斯特、勃拉姆斯的音乐中；说它是曲解，那是因为斯梅塔纳的两首四重奏恰恰是一种再隐私不过的个人忏悔，是在受到了悲剧的打击之下写成的：当时的斯梅塔纳刚刚失去了听觉。他的四重奏（多么美妙的作品！）正如他自己所说：是“在一个成为聋子的男人头脑中转着的音乐旋涡”。樊尚·丹第怎么可能错到这步田地？很可能，他并不了解这一音乐，只是人云亦云地重复了他听到的东西。他的评价回应了捷克社会对这两位作曲家的说法；为了能够从政治上利用他们的荣耀（在“面对四周敌对的世界”时，可以显示它的自豪感），这个社会在他们的音乐中找出些民间音乐的片段，汇集起来，缝织出一面民族大旗，在他们的作品之上挥舞。全世界只是礼貌地（或者狡黠地）接受了这一送上门来的解释。

大民族的地方主义

那么，大民族的地方主义呢？定义是一样的：就是无法做到（或者拒绝）将它的文化放在大环境下来看。几年前，上个世纪结束之前，巴黎的一家刊物向三十位属于当时知识界权威的人士进行调查，包括记者、历史学家、社会学家、出版商和一些作家。每个人都必须按重要性，列举出法国历史上最杰出的十本书；接着，从这三十张前十名的清单中选出了一个包括一百本书的排行榜；尽管对所提的问题（“哪些书成就了法国？”）可以有不同的理解，但从结果还是可以比较准确地看出当今法国知识精英所认为的在他们国家的文学中重要的东西。

竞争中，维克多·雨果的《悲惨世界》脱颖而出，成为胜者。一个外国作家可能会觉得奇怪。由于从未将这本书看作对他来说和对文学史来说是重要的，所以他马上会发现他所欣赏的法国文学并非人们在法国欣赏的。戴高乐的《战争回忆录》排在第十一位。赋予一位政治家、一位军人的书如此高的价值，这在法国以外是很难发生的。然而这还不算什么，让人迷惑的，是最伟大的杰作都排在了后面！拉伯雷只排在了第十四位！拉伯雷在戴高乐之后！关于这一点，我读过一位著名的法国大学教授的文章，文中宣称在他们国家的文学中缺乏一位奠基人，如但丁之于意大利，莎士比亚之于英国，等等。看看，拉伯雷在国人的眼中，并没有一位奠基人的光环！然而，在我们这个时代几乎所有伟大的小说家眼中，是他，跟塞万提斯一道，成为整整一门艺术——小说的艺术的奠基人。

而十八、十九世纪的小说，这一法国的荣耀呢？《红与黑》，第二十二位；《包法利夫人》，第二十五位；《萌芽》，第三十二位；《人间喜剧》，只在第三十四位（怎么可能呢？《人间喜剧》，没了就无法想象欧洲文学的《人间喜剧》！）；《危险关系》，第五十位；可怜的《布瓦尔和佩居榭》，就像两个筋疲力尽、又懒又笨的傻学生，排在了最后一位。而且，在这选出来的一百本书中，有些小说杰作根本就找不着：《帕尔马修道院》；《情感教育》；《宿命论者雅克》(确实，只有在世界文学的大环境中，才可以欣赏这部小说无可比拟的新颖性)。

那二十世纪呢?《追忆似水年华》，第七位。加缪的《局外人》，第二十二位。接下来呢？很少。被称为现代文学的作品很少，现代诗歌则什么也没有。就好像法国对现代艺术的巨大影响根本没有存在过一样！就好像阿波利奈尔(他根本就没有出现在这排行榜中！)没有启发整整一个时代的欧洲诗歌一样！

还有更令人惊讶的：没有贝克特和尤奈斯库。在上个世纪，有几个戏剧家能有他们的力量，他们的辉煌？一个？两个？顶多了。我记得，共产主义体制下捷克斯洛伐克文化生活的解放跟六十年代初出现的一些小剧院有关。正是在那里，我第一次看了一出尤奈斯库的戏，那是我终生难忘的：想象力的爆发，一种不敬的精神的迸发。我以前常说：布拉格之春在一九六八年的前八年，随着名为“栏边”的小剧院里上演尤奈斯库的作品，就开始了。

人们可以反驳我，说我列的那个排行榜证明的不是什么地方主义，而是近来的知识取向，证明美学的标准变得越来越不重要。那些选了《悲惨世界》的人看中的不是这本书在文学史上的重要性，而是它在法国巨大的社会反响。这是很明显的，但这只能证明，对美学价值的无动于衷致命地将整个文化都推向了地方主义。法国并非只是法国人居住的国家，它同时也是被别人看着的国家，而且别人从它那里获得灵感。一个外国人在欣赏诞生于他的国家之外的作品时，依据的是种种价值（美学价值、哲学价值）。规律再一次得到确定：这些价值从小环境的视点去看是很难看到的，哪怕它是一个大民族骄傲的小环境。

东欧人

在七十年代，我离开了我的国家，来到法国。我惊讶地发现，我成了一个“来自东欧的流亡者”。事实上，对法国人来说，我的国家属于欧洲东部。我急切地到处向人解释我们处境的真正令人愤慨之处：由于失去了民族主权，我们不光被划归给了另外一个国家，而且还被划归给了另外一个世界，东欧的世界。这一世界扎根于古老的拜占庭历史，具有它自己的历史问题，它自己的建筑风貌，它自己的宗教（东正教），它的字母表（西里尔字母，源于希腊文字），还有它自己的共产主义体制（没有人知道，将来也不会有人知道，没有俄国人统治的中欧共产主义会是什么样子，但无论如何，它跟我们经历过的共产主义不会是一样的）。

渐渐地，我发现，我来自一个“我们所知甚少的远方国度”。我周围的人都认为政治非常重要，但地理概念都极差：他们只看到我们“共产主义化”了，而非被“划归”了。况且，捷克人一直以来难道不是跟俄罗斯人一样，都属于“斯拉夫世界”？我向他们解释，虽然存在着斯拉夫民族的语言统一性，但并不存在任何斯拉夫文化，任何斯拉夫世界：捷克人的历史，正如波兰人、斯洛伐克人、克罗地亚人或斯洛文尼亚人的历史一样（当然，也跟完全不是斯拉夫人的匈牙利人的历史一样），是纯西方的：哥特；文艺复兴；巴洛克；与日耳曼世界的紧密接触；天主教与新教的斗争。跟遥远的俄罗斯根本没有关系，就像是另一个世界。只有波兰与俄罗斯直接相邻，但这种相邻更像是一种你死我活的斗争。

但怎么解释也无济于事：关于一个“斯拉夫世界”的想法依然是世界历史学中根深蒂固的俗套。我打开权威的七星书库版《世界历史》：在《斯拉夫世界》一章中，捷克伟大的神学家扬·胡斯被彻底跟英国人威克利夫分开（其实他是威克利夫的弟子），也被跟德国人路德分开（而路德视之为先驱和导师）。他在康斯坦茨被火刑处死之后，不得不跟伊凡大帝一起去享受一种可悲的不朽，其实他跟伊凡大帝是连一句话都不想说的。

个人经历最有发言权：七十年代末，我收到了一位著名斯拉夫专家为我的一部小说写的序言的手稿。序言中，他将我不断跟陀思妥耶夫斯基、果戈理、布宁、帕斯捷尔纳克、曼德尔施塔姆，以及俄国一些持不同政见者相比（当然，这种比较其实是在吹捧我，当时没有任何人对我有恶意）。我害怕了，阻止了序言的发表。并非我对这些伟大的俄国人有什么反感，相反，我敬仰他们，但跟他们在一起，我就成了另外一个人。我后来一直都能想起这篇文字给我带来的奇异的焦虑感：被放置到一个并非属于我的环境中，我就感到像是被流放了一样。

中 欧

在世界的大环境和民族的小环境之间，我们可以想象还有一级，可以称之为中间环境。在瑞典与世界之间，这一级是斯堪的纳维亚。对于哥伦比亚来说，是拉丁美洲。那么对匈牙利来说呢，对波兰来说呢？在我的移民过程中，我曾经试图回答这一问题，我当时一篇文章的题目对此加以概括:《一个被劫持的西方或中欧的悲剧》。

中欧。可这究竟是什么？位于两个大国，德国与俄国之间的一批小国的总和。也就是西方的东部边缘。好，可那又是些什么样的国家？波罗的海沿岸三个国家算不算？罗马尼亚呢？它由于东正教会而被拉向东边，由于它的罗曼语又被拉向西方。那么奥地利呢？它在很长时间内代表了这一总体的政治中心。奥地利的作家一般只在德语的环境中得到研究，如果看到自己被赶到中欧这一多语言的烂摊子是会不高兴的（要是换了我，我也会不高兴的）。况且，所有这些国家是否曾经表达过创建一个共同体的明确、持久的愿望？根本没有。在几个世纪中，它们中的大部分都从属于一个大的国家，哈布斯堡帝国，然而，到最后，它们只想着从中逃出来。

以上这些意见都足以将中欧这一概念的意义相对化，证明它模糊、约略的特征，但同时又将它明确化。中欧的边界是否真的不可能长久地、确切地划定？就是！这些国家从来都不是它们的命运和边界的主人。它们绝少是主体，几乎总是历史的客体。它们的整体性是*非意向性的*。它们互相邻近，既非出于意愿，也非出于好感，也非出于语言上的相近，而是由于相似的经历，由于在不同的时代将它们汇集在一起，形成不同形状，有着变动的、从来都没有确定下来的边界的共同的历史处境。

中欧不能被简化为Mitteleuropa（我从不用这个词）。那些只透过维也纳的窗口知道中欧的人就喜欢这样叫它，即使是在非日耳曼语的语境中；中欧是*多中心的*，根据是从华沙，还是从布达佩斯，还是从萨格勒布去看它而不同。但不管从哪个视野去看它，总是有一种共同的、大写的历史浮现出来。从捷克的窗口去看，我看到十四世纪中叶在布拉格出现的中欧第一所大学；我看到十五世纪胡斯的革命预示了宗教改革；我看到十六世纪哈布斯堡帝国渐渐从波希米亚、匈牙利、奥地利开始形成；我看到在两个世纪中，那些为了捍卫西方不受土耳其侵略而进行的战争；我看到反宗教改革运动，巴洛克艺术的绽放，它为这一广袤的、直至波罗的海沿岸国家的领土打上了一种建筑统一性的印记。

十九世纪，所有这些国家人民的爱国热情高涨，拒绝被同化，也就是被日耳曼化。即使是奥地利人，尽管他们在帝国中占有主导地位，也未能逃避选择的命运：选择他们自己的奥地利身份，还是选择从属于他们将融化其中的大日耳曼统一体。我们又怎能忘记犹太复国主义，它也是在中欧诞生的，出于同一种对同化的拒绝，出于同一种犹太人要求作为一个有自己语言的国家而生活的意愿！欧洲的基本问题之一，也就是小国的问题，在任何别的地方，都没有凸现得如此令人深省，如此集中，如何具有代表性。

到了二十世纪，在一九一四年的第一次世界大战之后，从哈布斯堡帝国的废墟上一下子出现了许多独立国家，而且，除了奥地利，所有国家在三十年之后都被俄国统治：这可是在整个中欧历史上都从未发生过的情况！接下来是一段长长的反抗苏联时期，起先是在波兰，接着是在血淋淋的匈牙利，接着是在捷克斯洛伐克，接着，在很长时间内，又是在波兰，而且是以十分激烈的方式。在整个二十世纪的下半叶，再没有比这一系列反抗形成的金链更让人钦佩的了。正是这些反抗，在四十年中，削弱了东方帝国，使它变得无法管理，并为它的统治敲响了丧钟。

两条背道而驰的现代主义反叛之路

我不认为大学里会将中欧历史作为一门特别的学科来讲授。在天上的寝室里，扬·胡斯将永远跟伊凡大帝呼吸同一种斯拉夫的气息。况且，我本人要是没有被我生长于斯的国家的政治事件震惊，难道还会去运用这一概念，而且还那么坚持？肯定不会。有些词语是在轻雾中沉睡着的，它们会在恰当的时候，出来帮助我们。通过它那简单的定义，中欧概念揭穿了雅尔塔会议的谎言，这场战争的三个胜利者之间的讨价还价，正是他们，将欧洲东部和西部的千年边界向西推移了几百公里。

中欧的概念后来又一次出来帮了我，而且是出于跟政治毫无关系的理由；那时，我开始惊讶于一个事实，那就是像“小说”、“现代艺术”、“现代小说”这样的词对我跟对我的法国朋友来说，意味着不同的内容。这并非是一种意见不合，而仅仅是看到了两种培养我们的传统之间的差别。简短地回顾一下历史，我们两种文化在我眼前出现，就像是几乎对称的两个反命题。在法国：古典主义，理性主义，自由放荡的精神，然后，到了十九世纪，是伟大小说的时代。在中欧：先以一种尤为令人心醉神迷的巴洛克艺术为主导，然后，到了十九世纪，是毕德麦耶尔风格的、带说教味的抒情主义，伟大的浪漫主义诗歌，很少有伟大的小说。中欧无人可及的力量在于它的音乐，从海顿到勋伯格，从李斯特到巴托克，仅凭一己之力，在两个世纪当中，囊括了欧洲音乐的所有主要趋向；中欧以它的音乐而自豪。

什么是“现代艺术”，这一场在二十世纪头三分之一时期出现的引人入胜的风暴？是对过去美学的彻底反叛。当然，这一点很明显。只不过，过去是有所不同的。反理性主义，反古典主义，反现实主义，反自然主义：法国的现代艺术延续了波德莱尔和兰波伟大的抒情反叛。这一现代艺术在绘画中找到了最好的表达方式，而最主要的，是在诗歌中，因为诗歌是它的首选艺术。相反，小说被驱逐在外了（尤其是被超现实主义者），被认为是过时的，彻底封闭在它约定俗成的形式当中。在中欧，情况则不同；与迷醉、浪漫、感情用事的、音乐的传统的对立，将几个最具独创性的天才的现代主义引向了一门艺术，它是分析、清醒、讽刺的特定领域：小说。

我心目中伟大的七星诗社

在罗伯特·穆齐尔的《没有个性的人》(一九三〇至一九四一)中，克拉丽丝和瓦尔特两人，“像两个齐头并进向前冲的火车头一样疯狂”，在四手联弹，演奏钢琴曲。“坐在小小的椅子上，他们并不因任何事情而狂怒、痴迷或悲哀，或者说，每人完全是为别的什么而疯狂……”“只有音乐的权威将他们联合在了一起(……)。这样的一种融合，正如在突然发生大恐慌时一样，在灾难性一刻之前还毫无相同之处的成百上千人，开始做出同样的动作，发生同样荒诞的叫喊声，瞪大眼睛，大张着嘴……”他们有着“疾风暴雨般的沸腾，内心深处本质性的情感活动，也就是灵魂的生理深层模糊的骚动，在追求着永恒的语言。正是这一永恒的语言，将人们联合在一起”。

这一讥讽的目光并不仅仅投向音乐，它更为深入，深入到音乐的抒情本质，深入到那种莫名的欢快，而正是这样一种欢快，滋养着节庆，乃至大屠杀，将个体转化为痴醉的牧群。罗伯特·穆齐尔这一反抒情的恼怒让我想到弗兰兹·卡夫卡。卡夫卡在他的小说中，也厌恶一切情感的夸张动作（这一点使他与德国表现主义派完全区分开来）。他创作《美国》，正如他自己所说，就是为了与“情感泛滥的风格相对立”；在这一点上，卡夫卡又让我想到赫尔曼·布洛赫。布洛赫受不了“歌剧精神”，尤其受不了瓦格纳（这位让波德莱尔和普鲁斯特如此崇拜的瓦格纳）的歌剧。他把瓦格纳的歌剧视为媚俗的典型（正如他所说，是“天才的媚俗”）；在这一点上，布洛赫又让我想到维托尔德·贡布罗维奇。贡布罗维奇在他著名的《反诗人》一文中，反击波兰文学中无法根除的浪漫主义，反击在西方现代主义中被视为不可侵犯的女神的诗歌。

卡夫卡、穆齐尔、布洛赫、贡布罗维奇……他们是否形成了某个团体、某个派别、某种运动？不，他们都是孤独者。我每次都称他们为“中欧伟大小说家的七星诗社”，事实上也确实如此，他们就像是七颗星，每个人的周边都是空冥，每一颗星都与另一颗相隔遥远。这一点让我觉得，他们的作品能够显示出相似的美学倾向，是尤其难能可贵的。他们都是小说的诗人，也就是说：热爱小说的形式与新颖性；关注每一个词、每一个句子的力量；受到试图越过“现实主义”边界的想象力的诱惑；但同时又丝毫不受任何抒情诱惑的渗透：反对将小说转化为个人的忏悔；受不了一切对非诗性现象的装饰化倾向；完全专注于现实世界。他们都将小说视为一种伟大的反抒情的诗。

媚俗与粗俗

“媚俗”一词十九世纪中叶出现在慕尼黑，当时用来指伟大的浪漫主义世纪甜腻而令人作呕的余渣。但是，很可能是赫尔曼·布洛赫更接近于真理。他将浪漫主义与媚俗的比例关系倒过来看：照他的看法，十九世纪（在德国与中欧）占主导的风格是媚俗，而在此之上，作为一种例外现象，才出现了几部伟大的浪漫主义作品。那些领教过媚俗经久不衰的暴政（如歌剧男高音般的暴政）的人，尤其恼怒在现实之上覆盖玫瑰色纱巾的做法，恼怒不断处于激动状态中的心灵不知羞耻的展示，恼怒“洒过香水的面包”（穆齐尔）；很久以来，媚俗在中欧已成为一个十分确切的概念，代表着最极端的美学病。

我并不怀疑法国的现代主义者受到了温情主义和浮夸的诱惑。只不过，由于缺乏长期的媚俗经验，在他们身上没有能够产生出和发展起对媚俗极其敏锐的厌恶。只是到了一九六〇年，也就是这个词已经在德国出现了一百年之后，才在法国首次用到它。一九六六年，布洛赫论著的法国译者，以及一九七四年汉娜·阿伦特作品的法国译者，都不得不用“蹩脚的艺术”一词来翻译“媚俗”，从而使这些作者的思考变得不可理解。

我重读了司汤达的《吕西安·勒万》中沙龙里上流社会的谈话；我细细品味了那些抓住谈话者不同态度的关键词：虚荣；粗俗；风趣才智（“就像是能腐蚀一切的硫酸”）；可笑；礼貌（“礼多但毫无感情”）；观念正统。于是我问自己：其中有哪一个词跟我感受到的媚俗概念一样，表达了最大限度的美学谴责？最后，我找到了。是“粗俗的”、“粗俗”。“迪普瓦里耶先生是最粗俗的人，而且好像还对他那低级而不拘礼节的做派非常自豪；就像是一头猪，带着某种不顾观者的自得其乐，在泥浆中打滚……”

对粗俗的鄙夷充斥着当时的沙龙，也充斥着今日的沙龙。我们再来看看词源：粗俗一词从拉丁语vulgus即“民众”一词而来：民众喜爱的，便是粗俗的；一位民主人士，一名左翼人士，一个人权斗士不得不热爱民众，但他可以自由地、高高在上地在一切他认为粗俗的方面鄙视民众。

阿尔贝·加缪自萨特从政治上将他驱逐之后，自诺贝尔文学奖为他惹来嫉妒与仇恨之后，在巴黎的知识分子圈子中感到很不自在。有人向我讲过，除这两方面之外对他不利的，是与他本人联系在一起的一些粗俗的烙印：贫穷的出身，文盲的母亲；属于居住在阿尔及利亚的法国人，同情其他居住在阿尔及利亚的法国人，这些人的做派是那么“不拘礼节”（那么“低级”）；他的哲学论著显得那么不专业；其他我就不提了。在那些对加缪口诛笔伐的文章中，我读到了这样的词句：加缪是一个“穿着可笑的节日盛装的农民，（……）一个来自民众的人，手上戴着手套，头上还戴着帽子，第一次进入沙龙。别的客人都把头别过去，他们知道是在与怎样一个人打交道”。文中的隐喻非常说明问题：加缪不但不懂得应该如何思考（他在谈到进步时，见解十分糟糕，他同情居住在阿尔及利亚的法国人），而且，更严重的是，他在沙龙（本义或引申义上的沙龙）里举止笨拙；他是粗俗的。

在法国，没有比这更严厉的美学谴责了。这一谴责有时不乏道理，但有时也打击到了最优秀的人：拉伯雷，还有福楼拜。巴尔贝·多尔维利写道："《情感教育》的主要特点就是粗俗。在我们看来，这世界上已经有够多的粗俗的灵魂、粗俗的精神、粗俗的事物，所以不能再增大这些令人作呕的粗俗的惊人数量了。"

我回想起我刚刚移民到法国的几个星期。由于当时斯大林主义已经受到了一致的谴责，所有人都能够理解俄国人占领我的祖国所意味着的悲剧，觉得我全身笼罩着一种令人肃然起敬的悲哀的光环。我记得曾跟一位支持过我并帮过我不少忙的巴黎知识分子面对面坐在一个酒吧里。那是我们初次在巴黎见面。在我们头顶的空气中，我看见飘荡着一些伟大的字眼：迫害、劳改营、自由、驱逐出祖国、勇气、抵抗、集权体制、警察恐怖。为了驱散这些堂而皇之的幽灵媚俗的一面，我开始向他解释：由于总是被人跟踪，由于在我们的寓所里有警察安装的窃听器，我们都学会了"捉弄"这门美妙的艺术。我的一个好友跟我互换了寓所，也互换了名字；他是一个追女人的高手，毫不在意窃听器，在我的房间里将他的性能力发挥得淋漓尽致。由于每个爱情故事中最难对付的一刻是分手，所以我的移民对他来说正好是个良机。有一天，那些姑娘、妇人们发现寓所已关，也没了我的名字，而我正从巴黎，用我的签名，给我从未见过的七个女人寄些惜别的明信片。

我当时想博得我那位珍贵朋友的一笑，但他的脸变得越来越阴沉，最后他跟我说——而这就像是断头台上断头刀落下："我觉得这一点也不好笑。"

我们后来还是朋友，但再也没有真心相互喜爱。对我们初次见面的回忆就像是一把钥匙，让我明白了我们心照不宣的长期误解：将我们分开的是两种美学态度的撞击：忍受不了媚俗的人碰上了忍受不了粗俗的人。

反现代的现代主义

阿尔蒂尔·兰波写过“必须绝对现代”。在大约六十年之后，贡布罗维奇并不确信真的必须绝对现代。在《费尔迪杜尔克》（一九三八年在波兰出版）中，勒伊娜一家的主角是女儿，一个“现代的中学生”。她热衷于电话；看不起古典作家；看到家里来了做客的男士，她“只是看了一看他，然后把右手拿着的一个螺丝刀塞到嘴里用牙咬着，以十分潇洒的姿势向他伸出左手”。

她妈妈也同样现代；她是“保护新生儿委员会”的成员；她为反对死刑，为风俗自由而积极奔走；“大摇大摆地，带着一种潇洒的姿态，她走向厕所”，而走出厕所时，“比进去之前更自豪”；随着她渐渐变老，现代性对她来说变得更是不可或缺，成了“青春的惟一替代品”。

那么爸爸呢？他也现代；他从不思考，但尽其所能取悦他的女儿和妻子。

贡布罗维奇在《费尔迪杜尔克》一书中抓住了在二十世纪发生的根本性转折。在此之前，人分为两种，一种人捍卫现状，另一种人则想改变现状；然而，历史的加速发展带来了它的后果：以前，人生活在一个非常缓慢地变化着的社会的同一布景中，到了那一时刻，突然间，他开始感觉到历史在他的脚下动，就像一条传送带：现状动起来了！马上，与现状一致就等于是与正在动的历史一致！终于，人们可以既是进步主义者又是保守主义者，既是观念正统者，又是反叛者！

加缪被萨特和他的朋友们攻击为“反动”，他当时的回击十分著名，称他们“将椅子放在了历史的方向上”。加缪看得非常准，只是他不知道，这把了不得的椅子是装了滑轮的，而且，从某一时刻开始，所有人就将它向前推，不管是现代的女中学生，她们的妈妈，她们的爸爸，还是所有反对死刑的斗士，所有保护新生儿委员会的成员，当然还有所有的政治家。他们一边推着椅子，一边将他们的笑脸朝向公众。公众在他们身后跑，也在笑，因为他们心里清楚，只有因现代而快乐的人，才是真正现代的。

于是，在兰波的继承人中，就有一批人明白了这一令人难以置信的事情：今天，真正配得上现代主义一词的，是一种反现代的现代主义。

第三部分

进入事物的灵魂

进入事物的灵魂

圣伯夫在他对《包法利夫人》的批评中这样写道："我对他的书的指责就是，过于缺乏善。"他诘问，为什么在这部小说中"没有一个人物能够通过一个善良的场景来抚慰读者，让读者感到轻松？"接下来，他向年轻的作家指出了应当走的道路："我在法国中部一个外省的僻壤之地，遇上过一个还相当年轻的女人。她智力超群，心中充满激情，又感到无聊：已婚，却尚未成母亲，无小孩需要抚养，需要她的爱，那么她是如何来安排精神与灵魂的过剩的呢？（……）她开始成为一个积极行善之人（……）。她教人识字，教村民的孩子们道德文化，而且这些村民往往相互间住得非常远。（……）在外省与乡村中有着如此的灵魂存在：为什么不也去表现他们呢？那样就能振奋人，抚慰人，而我们对人类的看法只会因之变得更为全面。"（是我强调了这些关键词。）

我很想对这番不禁让我想起以前"社会主义现实主义"的说

教的道德教育进行讥讽。但是，假如撇开回忆不谈，说到底，当时法国最有威望的批评家要求一位年轻的作家通过一个“善良的场景”，去“振奋”和“抚慰”读者，就那么不妥吗？那些读者跟我们大家一样，不也需要一些同情和鼓励？况且，乔治·桑在大约二十年之后，在一封信中，也向福楼拜说了大致同样的话：为什么他要隐藏起对自己人物的“感情”？为什么他不在小说中表达“个人见解”？为什么他要带给读者“悲哀”，而她，乔治·桑，则更喜欢“抚慰”他们？她很友好地告诫福楼拜：“艺术并非仅仅是批评和嘲笑。”

福楼拜在回信中说，他从未想过要批评或嘲笑。他写小说不是为了将他的评判告知读者。他所注重的，完全是别的事情：“我总是努力进入事物的灵魂……”他的答复十分明确：这种分歧的真正原由，并非福楼拜的性格（他是善的还是恶的，冷酷的还是同情人的？），而是小说是什么的问题。

在好几个世纪里，绘画与音乐都是为教会服务的，这并未使它们失去它们的美。但是，要让小说为一种权威服务，不管它多么的高贵，对一位真正的小说家来说，却是不可能的。想要通过一部小说去歌颂一个国家，甚至一支军队，会是多么无意义的事！相反，弗拉迪米尔·霍兰受到那些一九四五年解放了他祖国的士兵感人事迹的感染，写下了《红军战士》，这是一些让人难以忘怀的美好诗篇。我也可以想象一幅弗兰斯·哈尔斯的美妙画作，表现一个在乡村“积极行善”的妇女，身旁围着一群小孩，她教他们“道德文化”。但只有一个非常可笑的小说家才会以这样一位善良的妇女作为主人公，通过她的例子，来“振奋”读者的精神。因为永远不能忘记一点：各类艺术并非相同；每一类艺术都通过不同的门径通向世界。在这些门径当中，有一扇门是专门留给小说的。

我说，是专门留给小说的，因为小说对我来说并非一种“文学体裁”，一棵大树上众多枝丫中的一枝。如果不承认小说有着它自己的缪斯，如果不把它视为一种独特的艺术，一种独立的艺术，那就会对小说一无所知。小说有着它自己的起源(处于一个只属于它的时刻)，有着它自己的历史，其间节律性地出现一些只有它才拥有的时期（在戏剧文学演变中如此重要的从诗句向散文的过渡在小说的演变中无任何类似的现象；这两种艺术的历史是不同步的）；它有着自己的道德（赫尔曼·布洛赫说过：小说惟一的道德是认知；一部不去发现一点在此之前存在中未知部分的小说是不道德的；所以，“进入事物的灵魂”跟展示一个好的榜样是两种完全不同、不可协调的意向）；它与作者的“自我”有着特殊的关系（为了能够听到隐秘的、几乎听不到的“事物的灵魂”的声音，小说家跟诗人与音乐家不同，必须知道如何让自己灵魂的呼声保持缄默）；它还有着它特有的创作时段（在一位小说家的生活中，创作一部小说占据了整整一段时期，小说家在完成工作后，跟小说创作之前已非同一个人）；它能超越它的民族语言向世界开放（自从欧洲诗歌在节奏之外又加上押韵之后，就无法再将一种语言中的诗歌之美移植到另一种语言中；相反，对一部以散文撰写的作品进行忠实的翻译固然是困难的，却是可能的；在小说的世界，并没有国家的界限；以拉伯雷为师的伟大小说家几乎都是通过他作品的译本而读到他的）。

无法根除的错误

就在第二次世界大战结束之际，一批杰出的法国知识分子使得“存在主义”一词大行其道。这个词被用来命名一种新的趋向，不仅是哲学的趋向，而且也是戏剧与小说的趋向。作为他本人创作的戏剧的理论家，萨特以他一贯的善于用词的本领，针对“性格戏剧”，提出一种“处境戏剧”。他在一九四六年解释说，我们的目的，是“探索对人类经验来说最具共性的所有处境”，也就是能照明人类境遇的主要方面的处境。

有谁没有在某一天问过自己：假如我出生在别处，出生在另一个国家，另一个时代，那我的生活会是怎样的？这个问题包含着最普遍的人类幻觉之一，这一幻觉使我们把自己生活的处境视为仅仅是一个背景，是一个偶然的、可以替换的环境，而我们独立而恒久的“自我”可以穿越其间。啊，能想象过着别的生活，过着十多种不同的生活，是多么美妙啊！可别再做梦了！我们所有人都被绝望地钉在了我们出生的日期与地点上。在我们生活的具体而惟一的处境之外，是无法想象我们的自我的。我们的自我只有在这一处境中，通过这一处境，才能被理解。假如没有两个陌生人在某天早晨来找他，告诉他，他被指控了，约瑟夫·K就会是与我们所了解的那个人完全不同的人。

萨特的人格光芒，以及他作为哲学家和作家的双重地位，也使得一种想法变得理直气壮，认为在二十世纪戏剧与小说中出现的对存在进行关注的倾向是来自哲学的影响。这又是一个无法根除的错误，是错误中的错误，认为在哲学与文学之间的关系只是单向的，认为那些“叙述专家”，一旦必须有些想法，就只能向那些“思想专家”借取。然而，小说艺术悄悄地从它对心理的着迷（对性格的审视）转向对存在的分析（对照明人类境遇主要方面的处境的分析）这一现象出现于存在主义在欧洲大行其道之前二十或三十年；而且，它并非从哲学家那里获得了灵感，而是由于小说艺术本身的演变规律。

处境种种

弗兰兹·卡夫卡的三部小说是同一处境的三种变体：人产生冲突，并非是与另外一个人，而是与一个转化成巨大的行政机构的世界。在第一部小说（写于一九一二年）中，人的名字叫卡尔·罗斯曼，世界是美国；在第二部（一九一七年）中，人的名字叫约瑟夫·K，世界是一个指控他的庞大法庭。在第三部（一九二二年）中，人的名字叫K，世界则是耸立着一座城堡的村庄。

假如说卡夫卡不管心理，而去集中审视一种处境，这并不意味着他的人物在心理上不可信，而是心理问题已经退居其次：K究竟有过幸福的童年还是悲惨的童年，究竟是妈妈的心头肉还是在一个孤儿院里长大，他是否经历过伟大的爱情，这一切都无法改变他的命运，也改变不了他的行为。正是通过这种对问题的颠覆，通过这种对人类生活进行探询的另外的方式，通过这种关于人的身份的另外的观念，卡夫卡不但与以往的文学区别开来，而且也与他同时代的伟人普鲁斯特和乔伊斯不同。

布洛赫在一封信中解释了《梦游者》(成书于一九二九至一九三二年间)中的诗学:“认知的小说，而非心理小说。”三部曲中的每一部小说,《一八八八：帕斯诺夫或浪漫主义》,《一九〇三：埃施或无政府主义》,《一九一八：胡格瑙或现实主义》(时间是题目的一部分)，都是在前一部小说之后十五年，发生于另一环境，主人公也不同。将这三部小说连为同一部作品的(它们从不拆开单独出版！)，是同一种处境，一种超越于个体的历史进程的处境，布洛赫称之为“价值贬值”。面对这一处境，每一个主人公都有自己的态度：首先是帕斯诺夫，他忠诚于价值，在他看来，它们正在消逝；接下来是埃施，他一心需要价值，却不知如何辨认出价值来；最后是胡格瑙，他在价值不再的世界中，如鱼得水，游刃有余。

这些小说家在我“个人的小说历史”中，都是小说现代主义的奠基人。我把雅罗斯拉夫·哈谢克也列入其中，其实不失尴尬，因为，哈谢克是根本不在乎现代不现代的；他是一个深受人们喜爱的作家——今天这类作家已经不再存在——是一个流浪汉作家，一个冒险作家，蔑视文学界，也被文学界蔑视，只写了一部小说，马上就在全世界找到了广大的读者群。然而，正因如此，我认为他的《好兵帅克》(成书于一九二〇至一九二三年间）能反映出与卡夫卡（两位作家曾经好些年在同一城市中生活）或布洛赫的小说相似的美学倾向，尤其了不起。

“打到贝尔格莱德去！”帅克喊着，在被体格检查委员会召去的时候，他让人在一个轮椅里推着，在布拉格街上穿来穿去，像个元帅似的手中高举两根借来的拐杖，布拉格人都好玩地看着他。这一天，奥匈帝国向塞尔维亚宣战，从而引发了一九一四年的第一次世界大战（这场战争在布洛赫看来，代表着所有价值的沦丧，也是他的三部曲的终结）。为了能够毫无危险地生活在这样一个世界里，帅克坚决参军，坚决向国家和皇帝效忠，以至于无人能够确定他究竟是个傻瓜还是个小丑。哈谢克也不告诉我们。在帅克滔滔不绝说着他那些人云亦云的蠢话时，我们始终不知道他真正在想什么，而正因为我们不知道，他才让我们感到好奇。在布拉格啤酒餐厅的广告牌上，人们总是可以看到他又矮又胖的形象，但那是该书著名的插图画家将他想象成那个样子的，哈谢克本人对帅克的外貌只字未提。我们不知道他来自怎样一个家庭。我们看不到他跟任何一个女人在一起。他不找女人？他与女人是偷偷幽会？没有回答。但更有意思的是：没有问题！我想说的是：对我们来说，帅克爱不爱女人根本无所谓！

这是一个既悄然又彻底的美学转折：为了让一个人物显得“生动”、“有力”，在艺术上“成功”，不再需要提供有关他的所有可能的信息；不用让人相信他是和你我一样真实的人；为了使人物有力而令人难以忘怀，只需他占满小说家为他创造的处境的所有空间。（在这一新的美学氛围中，小说家甚至津津有味地时不时告诉人们他所讲述的没有什么是真实的，一切都是他的杜撰——正如费里尼在《船行》结束处，让我们看到他那幻觉戏剧幕后的所有机关。）

惟有小说才能说出的东西

《没有个性的人》的故事情节发生在维也纳，但这个城市的名字在小说中，假如我没有记错的话，只出现了两到三次。正如以前菲尔丁小说中的伦敦，维也纳的地形并没有提到，描写更少。发生了乌尔里希与他的妹妹阿伽特那么重要的一次相遇的那座无名城市是哪一座？您是无法知道的；那座城市在捷克语中被称为布尔诺，在德语中又称为布林；我根据一些细节轻而易举认出了它，因为我在那里出生；但我刚一说完这些，就指责自己与穆齐尔的意图背道而驰；意图？什么意图？他难道想隐藏什么事情吗？没有；他的意图纯粹是美学的：只集中讲述本质性的东西；不让读者的注意力转向一些无用的地理方面的考察。

人们经常认为，现代主义的意义在于每一种艺术都在尽力接近它自己的特殊性，接近它自己的本质。因此，抒情诗抛弃了所有修辞的、教育性的、美化了的东西，以迸发出诗性奇思异想的源泉。绘画放弃了它的资料性、模仿性的功能，以及一切可以用另一手段（如摄影）来表达的东西。那么小说呢？小说也拒绝成为对一段历史时期的说明，对一个社会的描绘，对一种意识形态的捍卫，只为“惟有小说才能说出的东西”服务。

我记起大江健三郎的短篇小说:《人羊》(写于一九五八年)。一个晚上，在一辆公车上挤满了日本人，上来一帮喝醉酒的士兵，他们属于一支外国军队。他们开始吓唬一名乘客，是一名大学生。他们逼他脱裤子，露屁股。大学生感到人们在他身旁忍住笑。但士兵们并不满足只有这么一个受害者，逼迫一半乘客都露出屁股来。公车停下，士兵们下了车，脱下裤子的人又都穿上了裤子。别的人从他们的被动状态中清醒过来，逼那些受了污辱的人到警察局去告那些外国士兵的所作所为。其中一人，是个小学教师，尤其不放过那名大学生：他与他一起下车，陪他一直回到家，还想知道他的名字，以将他所受的污辱公布于众，指控那些外国人，最后两人之间爆发了仇恨。这是一个极妙的故事，探讨懦弱、廉耻，以及施虐狂般死死纠缠，还想让人以为那是对公正之爱的行为……然而，我提到这篇短篇小说只是想问，这些外国士兵是谁？当然，是二战之后留守日本的美国兵。既然作者明确称那些乘客是“日本”乘客，为什么他不说出士兵的国籍呢？是出于政治上的忌讳，还是为了追求文体上的效果？都不是。试想，假如在整篇小说中，一直都是*日本乘客在与美国士兵对峙*！在这个明确说出的定语的力量之下，整个短篇都会被简化为一个政治文本，变成对占领者的控诉，而只需放弃这个词，就可以让政治的一面覆盖上一层朦胧的阴影，让光线完全聚集到小说家感兴趣的主要谜语上面：*存在之谜*。

因为大写的历史，带着它的运动，它的战争，它的革命和反革命，它的民族屈辱，并不作为需要描绘、揭示、阐释的对象，因其本身而让小说家感兴趣；小说家并非历史学家的仆人；如果说大写的历史让他着迷，那是因为它正如一盏聚光灯，围绕着人类的存在而转，并将光投射在上面，投射到意想不到的可能性上，这些可能性在和平时代，当大写的历史静止的时候，并不成为现实，一直都不为人所见，不为人所知。

思考的小说

要求小说家“集中讲述本质性的东西”(“惟有小说才能说出的东西”)的命令会不会为那些拒绝作者的思考，认为那是外在于小说形式的元素的人提供理由？确实，假如一位小说家借助于一些并非属于他而属于学者或哲学家的手段，是否表明他无法成为一个完整意义上的小说家，无法仅以小说家立足，标志着他艺术上的软弱无力？更何况：思考的介入会不会将人物的行为转化为仅仅是对作者想法的说明？再者：既然小说的艺术意味着人类真理的相对性，难道不要求作者隐藏起他本人的意见，并将所有的思考都留给读者？

布洛赫与穆齐尔的回答再明确不过了：他们将思考通过一扇大开的门引入了小说，在他们之前无人能够做到这一点。在《梦游者》中插入的题为《价值贬值》的论述(它占据了十个章节，分散在三部曲的第三部小说中)是一系列关于欧洲在三十年中精神状况的分析、思考和警句；不能说这一论述与小说的形式不符，因为它照亮了一面墙，墙上上演着三个人物破裂的命运，正是它将三部小说汇成一部。我怎么强调也不为过：在一部小说中引入一种思维上如此严密的思考，并以如此美妙、如此音乐性的手法，使之成为整体结构不可分割的一部分，这是在现代艺术时代一个小说家敢于尝试的最为大胆的创新之一。

但在我眼中还有更为重要的东西：在这两位维也纳小说家的作品中，思考不再被视为一种例外的元素，一种中断；很难称之为"离题"，因为在这些思考的小说中，它是不断存在着的，即使在小说家讲述一个情节或者在他描写一张脸的时候。托尔斯泰或乔伊斯让我们听到在安娜·卡列宁娜或莫莉·布鲁姆头脑中闪过的话；当穆齐尔以他的目光长长地注视莱昂·菲舍尔和他的性能力时，他跟我们讲述的，是他本人所想的东西：

"夫妻的卧室在灭灯之后，将男人放到了一个演员的处境。这个演员必须面对一群隐而不见、围着他的人，表演一个让人想起咆哮的狮子的英勇角色，这一角色是正面的，却不免有些力不从心。好几年来，莱昂的那些隐而不见的听众面对这一表演，既没有给予哪怕轻轻的掌声，也没有任何反感的迹象，可以说，这足以让最坚强的神经崩溃。早晨，在吃早餐的时候，克莱芒蒂娜僵硬得像一具冻僵了的尸体，莱昂对此敏感得几乎要发抖。他们的女儿格尔达每次都看出这一点来，所以，她带着恐惧和一丝苦涩的厌恶，把夫妻生活想象成在夜的黑暗中一场猫与猫之间的搏斗。”穆齐尔就是这样进入“事物的灵魂”，也就是进入菲舍尔夫妇“性交的灵魂”。通过一个简单的隐喻——*思考的隐喻*——的闪光，他照亮了他们的性生活，不管是现在的，还是过去的，甚至照亮了他们女儿的未来生活。

强调一下：像布洛赫和穆齐尔那样在现代小说美学中引入的小说思考，跟一名科学家或者哲学家的思考完全不同；我甚至要说，这种思考是有意非哲学的，甚至反哲学的，也就是说坚决独立于任何既有的思想体系；它并不作出评判；不宣扬什么真理；它在探询，它在惊讶，它在探查；它的形式最为多样：隐喻的、讽刺的、假设的、夸张的、格言式的、好笑的、挑衅的、奇思异想的；尤其是：它从不离开人物生活魔幻般的圈子；正是人物的生活滋养了它，为之提供存在理由。

在盛大游行的一天，乌尔里希到了莱因斯多夫伯爵的部长办公室内。游行？为了什么？在书中，作者交代了游行的原因，但这并不重要；重要的是游行这一现象本身：在大街上游行意味着什么，这一二十世纪如此具有代表性的集体行为意味着什么？惊讶的乌尔里希透过窗子看那些游行的人；当他们到达宫殿脚下时，他们的脸抬了起来，脸上布满愤怒之色，人们挥舞着手杖，但是“就在几步远处，在一个拐角，就在游行仿佛消失在了幕后的那个地方，大多数人已经在卸妆了；在没有任何观看者的情况下再摆出气势汹汹的样子是荒谬的”。在这一隐喻的照明下，游行者不再是愤怒的人；他们是愤怒的*表演者*！一旦表演结束，他们就匆匆“卸妆”了！在政治学家将其作为他们最喜欢的主题之前很久，“表演的社会”就已经被透视、被分析了，而这是多亏了一位小说家，多亏了他对一种处境的本质的“快速而机智的洞察”（菲尔丁）。

《没有个性的人》是关于整整一个世纪的存在的无可比拟的百科全书；每当我想重读这本书的时候，我习惯随手翻开一页，丝毫不顾之前与之后的情节；即使“故事”在那里，它也是缓慢前行，悄然地，并不希望将任何注意力吸引到它身上；每个章节本身就是一个惊奇，就是一个发现。思想的无处不在并没有从小说那里带走作为小说的特点；它丰富了小说的形式，并极大地拓展了惟有小说能发现和说的东西的领域。

不逼真的边界已不再受到监视

有两颗巨大的星照亮了二十世纪小说的上空：一颗是超现实主义之星，它向人发出美妙的召唤，要将梦与现实融合在一起；另一颗是存在主义之星。卡夫卡去世得太早，没能知道这些作家，了解他们的艺术规划。然而——这一点真是了不起——他所写的小说超前了这两种美学倾向，而且，更了不起的是，他的小说将这两种倾向连在一起，将它们放到了同一视野之中。

当巴尔扎克或福楼拜或普鲁斯特想描写一个个体在一个具体社会阶层中的行为时，任何对逼真性的违背都是不合适的，在美学上会是不一致的；然而，当小说家将他的镜头聚焦到一个存在问题上时，为读者创造一个逼真的世界的要求就不再成为金科玉律，不再是必需的。作者在面对这一给予他所讲述的事情一种现实表象的，由信息、描写和动机组成的构造时，可以马虎大意得多。而且，在一些极端的情况下，他将他的人物放到一个完全不逼真的世界中，效果甚至更佳。

自从卡夫卡越过了不逼真的边界，这一边界就不再设有警察、海关，永远开放了。这在小说的历史上是个伟大的时刻。为了对它的意义没有误解，我要预先告诉大家，十九世纪的德国浪漫主义文学家并非其先驱。他们奇妙的想象力具有另一种意义：他们的想象力从真实生活中移开，在寻找另一种生活，它跟小说的艺术没有多大关系。卡夫卡不浪漫。诺瓦利斯、蒂克、阿尔尼姆、埃·特·阿·霍夫曼等人均非他的钟爱。喜欢阿尔尼姆的是布勒东而不是他。年轻的卡夫卡与他的朋友布洛德一道，曾狂热地用法语读过福楼拜。他研究过福楼拜，他的老师是福楼拜这位伟大的观察家。

人们越集中精力、越执着地观察一个现实，就越会发现它并不符合大家关于它的想法；在卡夫卡目光的长久注视之下，现实会显得越来越脱离理性，也就是非理性的，也就是不逼真的。正是这一投注到真实世界上的长长的、热切的目光，将卡夫卡以及在他之后其他伟大的小说家引向了逼真的边界之外。

爱因斯坦与卡尔·罗斯曼

笑话、轶闻、有趣的故事，我不知用哪一个词来指这类极短的滑稽故事，我以前在布拉格时曾大饱耳福，因为布拉格是这类故事的集中地。政治笑话。犹太笑话。关于农民的笑话。还有关于医生的。还有一类稀奇的笑话，专门讲那些冒冒失失的教授，而且不知为什么，他们总是带着一把伞。

爱因斯坦刚刚在布拉格大学讲完课（是的，他在那里教过一阵子课），准备离开。“教授先生，拿上您的伞，在下雨！”爱因斯坦沉思地看着教室一角他的伞，向学生回答说：“您知道，亲爱的朋友，我经常忘记带伞，所以我有两把，一把在家里，一把留在学校。当然我现在可以拿上它，因为，正如您非常正确地所说，在下雨。但在这种情况下，我家里就有两把伞，这里一把也没有了。”说完这些话，他冒雨出了门。

卡夫卡《美国》的开头同样是一把伞的题材，这把伞既占地方，又烦人，还老是丢掉；卡尔·罗斯曼带着一只沉重的旅行箱，在人群里挤来挤去，正从纽约港的一艘游轮中出来。突然他想起把伞忘在了舱底。他将旅行箱托付给旅程中结识的一名年轻人。由于他身后的路已经被人群阻塞，他走下一个他不熟悉的楼梯，迷失在了走廊之中；最后，他敲开一个舱位的门，里面有个男子，是给司炉当下手的，男子马上就跟他说话，向他抱怨上司的不是；由于交谈持续了一段时间，他为了卡尔可以更舒适些，就提出让他在床铺上歇一会。

从心理学来看，这一处境的不可能性太明显了。确实，他在这里向我们讲述的，并不真实！这是个笑话，到最后，当然，卡尔既丢了旅行箱又没了伞！是的，这是个笑话；只不过，卡夫卡在讲述它时并不当笑话来讲；他将它娓娓道来，带着许多细节，解释每一个动作，以使它从心理学上来看可信；卡尔艰难地爬到床铺上，有些窘迫，自己笑自己的笨拙；在谈了很长时间这位司炉工助手所受的侮辱之后，他突然带着令人惊讶的清醒，对自己说，他其实更应该“去找他的旅行箱，而不是在这里给人出主意”。卡夫卡将逼真的面具放到不逼真上，从而赋予这部小说（以及他所有的小说）一种不可模仿的魔幻魅力。

笑话礼赞

笑话、轶闻、有趣的故事，它们是最好的证明，证明对现实的敏锐感知跟信步于不逼真之境的想象力是可以形成完美的一对的。巴奴日还不认识一位他想娶的女性，然而，带着逻辑的、理论的、系统的、具有远见的精神，他决定马上彻底解决他生命中的根本问题：他是否应该结婚？他从一个专家那里跑到另一个专家那里，从哲学家那里跑到法学家那里，从女占卜家那里跑到星相学家那里，从诗人那里跑到神学家那里，在经过长长的探寻之后，最后确信这一关键问题是没有答案的。整个《第三卷》就讲述了这一不逼真的行为，这一笑话，最终转化成了一次长长的、穿越拉伯雷那个时代所有知识的可笑之旅。(这让我想到，在三百年之后，《布瓦尔和佩居榭》也是从一个笑话，延长为一次穿越一个时代的知识的旅行。)

在塞万提斯撰写《堂吉诃德》的第二部时，第一部已经出版、出名好几年了。这启发了他一个伟大的想法：堂吉诃德遇上的人物认出了他，知道他就是他们读过的书中活生生的主人公；他们与他一起谈论他以前的冒险，为他提供评点自己的文学形象的机会。当然，这是不可能的！这纯粹是奇思异想！是个笑话！

接着，有一件意想不到的事震动了塞万提斯：另一个作家，一个无名的作家，赶在他之前，出版了自己撰写的堂吉诃德冒险故事的续集。愤怒万分的塞万提斯在他正在撰写的第二部的章节中，对他大加斥责。但他马上利用了这一丑恶的意外事件，从它出发，构思出另一个奇异的情节：在经历种种倒霉、不幸的冒险之后，疲惫、悲哀的堂吉诃德和桑丘踏上了回自己村庄的路，路上遇见了一个叫堂阿尔瓦罗的人，这是那个该诅咒的抄袭者笔下的人物；堂阿尔瓦罗在听到他们的名字的时候，暗自吃惊，因为他心里知道的，是另一个堂吉诃德，另一个桑丘！这次相遇发生于小说结束前几页。这是小说人物与他们自身的幽灵令人窘迫的面对面相遇；是对一切事物的虚假的最后证明；是最后一个笑话忧郁的淡光，也就是永别的笑话。

在贡布罗维奇的《费尔迪杜尔克》中，平科教授决定将三十多岁的尤瑟夫变为一个十六岁的少年，逼他每天都在中学的一张凳子上度过，成为中学生中的一员。这一好笑的处境其实隐藏了一个非常深刻的问题：如果大家总是像跟一个少年那样跟一个成人交往，这个成人是否会失去对自己真实年龄的意识？更普遍地讲：人是会成为别人看他、待他的那个人，还是他会找到力量，不顾一切，不顾众人，去维护他的真实身份？

将一部小说建立在一件轶闻上，一个笑话上，这对于贡布罗维奇的读者来讲，应该是来自一名现代主义者的挑衅。确实：这是一个挑衅。然而，它扎根于一段非常悠远的过去。在小说的艺术尚未确定自己的身份与名字的时代，菲尔丁就这样命名："散文的、喜剧的、史诗的写作"，这一点需要时刻牢记，喜剧性是俯身于小说摇篮的三个神话仙女中的一个。

从贡布罗维奇的作坊看小说的历史

一个小说家谈论小说的艺术，并非一个教授在他的讲席上高谈阔论。更应当把他想象成一个邀请您进入他画室的画家。画室内，画作挂在四面墙上，都在注视着您。他会向您讲述他自己，但更多的会讲别人，讲他喜欢的别人的小说，这些小说在他自己的作品中都是隐秘存在着的。根据他自身的价值标准，他会当着您的面将小说历史的整个过去重铸一遍，并借此来让您猜想他的小说诗学。这一诗学只属于他自己，因此，很自然地，与别的作家的诗学相对立。所以，您会觉得，自己带着惊讶，下到了大写的历史的底舱，在那里，小说的未来正在被决定，正在形成，正在创造，在争论，在冲突，在对立。

一九五三年，维托尔德·贡布罗维奇在他写的《日记》的第一年中（他一直写了十六年，直至去世），引用了一名读者的来信："千万不要自己评论自己！只顾写就是了！您受到别人的刺激，亲自为自己的作品作序，不光作序，甚至还写评论，真是太可惜了！”就此，贡布罗维奇回答说，他将继续自我解释，“能解释多少就解释多少，能解释多长时间就解释多长时间”，因为一个没有能力谈自己的书的作家，不是一个“完整的作家”。就让我们在贡布罗维奇的小说作坊中呆上一段时间。下面是他喜欢与不喜欢的作家的名单，是他“关于小说历史的个人版本”：

他喜欢拉伯雷甚于一切。（关于高康大和庞大固埃的书写于欧洲小说正在诞生之际，小说尚远离一切规范；书中充满着各种各样的可能性，后来的小说史将或实现它们，或遗弃它们，但所有的可能性都留了下来，跟我们在一起，成为灵感：在不可能中的徜徉，智力上的挑衅，形式上的自由。贡布罗维奇对拉伯雷的热爱表明了他的现代主义的意义：他并不拒绝小说的传统，他要求找回小说传统；但他希望是*完整的*小说传统，尤其是对它诞生时那美妙的一刻带有特别的关注。）

他对巴尔扎克可以说是无动于衷。（他反对巴尔扎克的诗学渐渐被树立成小说的样板。）

他喜欢波德莱尔。(他接受现代诗歌的革命。)

他并不对普鲁斯特着迷。(一个十字路口：普鲁斯特到达了一次伟大的旅程的终点，已经穷尽了其所有的可能性；贡布罗维奇一心探求新世界，只能走上另一条道路。)

他几乎跟他同时代的任何一位小说家都不相似。(小说家们在他们的阅读书单中经常有着令人难以置信的空白点：贡布罗维奇既没有读过布洛赫，也没有读过穆齐尔；出于对那些抓住卡夫卡不放的时髦人的恼怒，他对卡夫卡也没有什么特殊的爱好；他觉得自己跟拉丁美洲文学没有任何相似之处；他嘲笑博尔赫斯，以他的品位来看，博尔赫斯太自负了。他在阿根廷的时候，生活在孤立之中，在伟大的作家当中，只有埃内斯托·萨瓦托对他感兴趣；他后来也以友善报之。)

他不喜欢十九世纪的波兰文学(对他来说太浪漫了)。

总体来讲，他对波兰文学是持保留态度的。(他觉得自己没有受到同胞的爱戴；然而，他的保留并非一种憎恨，它只是表达了一种被封闭在小环境的紧身衣里的反感。他在提到波兰诗人图维姆的时候，这样说："他的每一首诗，我们都能说是'美妙的'，但如果有人问我们，图维姆以什么样的图维姆元素丰富了世界诗歌，我们真不知如何回答。"）

他喜欢二三十年代的前卫。（他对这一时代"进步主义"意识形态，以及它"鼓吹现代的现代主义"表示怀疑，但接受它对新形式的渴望，接受它想象力的自由。他这样告诫一名年轻作家：先不要带任何理性控制地写上二十页，然后带上敏锐的批评精神重读一遍，保留其中本质性的东西，就这样继续下去。就好像是他为小说这架马车套上一匹被称为"沉醉"的野马，与一匹驯过的、称为"清醒"的马并驾齐驱。）

他蔑视"介入文学"。（了不起的是：他不经常跟那些将文学变成反资本主义斗争的附庸的人论战。在他这位在共产主义体制下的波兰遭禁的作家看来，"介入"艺术就是在反共产主义的旗帜下前进的文学。从他写作《日记》的第一年起，他就指责这一文学的善恶二元论，指责它过于简单化的趋向。）

他不喜欢法国五六十年代的前卫，尤其是"新小说"和"新批评”（罗兰·巴特）。（关于新小说：“贫乏，单调……唯我论。手淫……”关于新批评：“越渊博就越愚蠢。”他忍受不了这些新的前卫将作家放入的两难处境：或者是采用它们手法的现代主义（他认为这一现代主义全是些难懂的话，是深奥的，教条的，跟现实缺乏接触），或者就是无穷地复制同样形式的约定俗成的艺术。而现代主义对贡布罗维奇来讲则是：通过新的发现，在继承下来的道路上前行，只要这还是可能的，只要从小说那里继承下来的道路还存在。）

另一片大陆

三个月之后，俄国军队占领了捷克斯洛伐克。当时的俄国尚无能力主宰生活在焦虑中的捷克社会，所以捷克还有许多自由（只持续了几个月）。作家协会被指控为反革命的老巢，但还可以保留房子，出版杂志，接待宾客。于是，在它的邀请下，三位拉美作家来到了布拉格：胡利奥·科塔萨尔、加夫列尔·加西亚·马尔克斯和卡洛斯·富恩特斯。他们的来访是悄悄进行的，以作家的身份。是为了看。为了明白。为了给他们的捷克同行鼓气。我跟他们度过了令人难忘的一个星期。我们成了朋友。就在他们走后，我读到了《百年孤独》的捷克文译稿。

我想起超现实主义对小说艺术的抵制，他们指责小说是反诗性的，对一切属于自由想象的东西都封闭。而加西亚·马尔克斯的小说中只有自由的想象。这是我所知最伟大的诗性作品之一。每句单独的话都迸发出奇异的火花，每一个句子都是惊诧、惊奇：

是对在《超现实主义宣言》中宣布的对小说的蔑视作出的响亮回答（同时又是向超现实主义的伟大致敬，向它的灵感，向它穿越了整个世纪的灵感致敬）。

它同时也证明了诗歌与抒情性并非两个姐妹概念，而是两个应当保持距离的概念。因为加西亚·马尔克斯的诗性跟抒情性没有任何关系，作者并不忏悔，并不敞开他的灵魂，他只是沉醉在客观世界中，并将客观世界升华到一个一切既是真实的又是不逼真的、魔幻的区域中。

还有：整个十九世纪的小说都将场景作为构思的基本元素。加西亚·马尔克斯的小说处于相反方向的道路上：在《百年孤独》中，没有场景！它们完全融化到了叙述的沉醉之流中。我从未见过这样一种风格的其他例子。仿佛小说向后回复了好几个世纪，回复到了一个不描写任何东西、只进行叙述的叙述者，但他带着一种在此之前从未见过的奇思异想的自由在叙述。

银色的桥梁

在布拉格的那次见面几年之后，我搬到了法国。正巧，卡洛斯·富恩特斯在那里做墨西哥驻法大使。我当时住在雷恩市，我到巴黎小住时，就在他那里留宿，住在他使馆内的一间屋顶阁楼里。我跟他共进早餐，而早餐常常会延长为没完没了的谈话。一下子，我发现，我的中欧有了意想不到的拉丁美洲做邻居：这是西方位于相反的两个极端的两个边缘；两片被疏忽、被蔑视、被遗弃的大地，两块贱民大地；而且是世界上最深地经历了巴洛克的创伤的两大地区。我说创伤，是因为巴洛克到达拉丁美洲，乃是作为一种征服者的艺术，它来到我的国家，则是被血淋淋的反宗教改革带来的，所以马克斯·布洛德会称布拉格为“恶之城”。我见到了世界的这两个部分被引向恶与美的神秘联合。

我们聊着天。渐渐地，一座银色的桥梁，轻盈地、颤巍巍地、闪亮地，像一道彩虹一样，跨越好几个世纪，出现在我那小小的中欧和巨大的拉丁美洲之间；一座将马加什·布劳恩在布拉格的那些痴醉的雕像跟墨西哥那些风格疯狂的教堂连接在一起的桥梁。

于是我也想到了我们两个出生地之间的另一个相似之处：它们都在二十世纪小说的演变过程中占据着关键的位置：首先是二三十年代的中欧小说家（卡洛斯在跟我谈到布洛赫的《梦游者》时，视之为二十世纪最伟大的小说）；然后，大约在二三十年之后，是拉丁美洲的小说家，我同时代人。

有一天，我发现了埃内斯托·萨瓦托的小说。在《毁灭者亚巴顿》（一九七四）中，充斥着思考，正如以前那两位伟大的维也纳作家的小说中一样。他几乎逐字逐句地说：在被哲学遗弃、被成百上千种科学专业分化了的现代世界中，小说成为我们最后一个可以将人类生活视为一个整体的观察站。

在他之前半个世纪，在地球的另一边（在我头顶上，银色的桥梁在不停地震颤），写《梦游者》的布洛赫和写《没有个性的人》的穆齐尔想到了同样的事。在超现实主义者将诗歌上升到第一艺术的时代，他们则将这一最高的位置留给了小说。

第四部分

小说家是什么

为了理解，必须比较

赫尔曼·布洛赫在把握一个人物的时候，总是先抓住他本质性的态度，然后再渐渐接近他那些更为特殊的线条。从抽象过渡到具体。埃施是《梦游者》第二部中的人物。布洛赫说，从本质上来讲，他是一个反叛者。何谓反叛者？布洛赫将反叛者跟罪犯进行比较。何谓罪犯？罪犯是对现有秩序有所指望的保守者，他想安顿在现有秩序中，将他的偷窃和违法看作是能使他成为与别人一样的公民的职业。相反，反叛者与现有的秩序搏斗，以使它受自己的主宰。埃施不是一个罪犯。埃施是一个反叛者。布洛赫说，他是反叛者，正如路德曾经是。但我为什么要说埃施？让我感兴趣的是小说家！那么，将小说家跟谁比较呢？

诗人与小说家

将小说家跟谁比较？跟抒情诗人比较。黑格尔说，抒情诗的内容，就是诗人本人；诗人为他的内在世界提供话语，以在听众当中唤起他所感受到的感觉、情绪。即使当诗探讨一些“客观的”、外在于他的生活的主题时，“伟大的抒情诗人很快就远离它，最后还是完成自己的肖像（stellt sich selber dar）”。

黑格尔说，音乐与诗有一点优于绘画：那就是抒情性（das Lyrische）。他接着又说，在抒情性上，音乐可以走得比诗更远，因为音乐可以抓住内在世界那些最隐秘、语言也无法捕捉的活动。所以存在着这样一种艺术，也就是音乐，甚至比抒情诗还更为抒情。我们从中可以推论出，抒情性概念并不仅仅限于文学的一个分支（抒情诗），而且可以指某种存在方式。从这一角度来看，抒情诗人只不过是最典型地代表了那些对自己的灵魂感到痴迷，并渴望使之被人听到的人。

很久以来，青年时代对我来说是抒情时代，也就是说，在这个年龄段，个体几乎只关注自身，无法看到、理解、清醒地评判他周围的世界。如果从这一假设出发（当然，这一假设有简化之处，但作为一种简化的模式，我认为是正确的），从不成熟到成熟就是对抒情态度的超越。

假如要我以一个堪为楷模的故事、一个“神话”来想象一个小说家是如何诞生的，我会将它想象成一个关于转变的故事；扫罗变成了保罗；小说家从他抒情世界的废墟上诞生。

一个关于转变的故事

我从藏书中取出《包法利夫人》，是一九七二年的袖珍本，有两篇序，一篇是作家亨利·德·蒙泰朗作的，另一篇是文学批评家莫里斯·巴代什作的。这两位都觉得应当对这本书保持一定的距离，虽然他们都霸占着这本书的前厅的位置。蒙泰朗："既没有精神火花（……），又没有思想上的新颖（……），又没有文字上的愉悦，又没有对人心意想不到的、深刻的探究，又没有表达上的新发现，既不高贵，也不好笑：福楼拜缺乏天才到了令人难以置信的地步。"他接着说，毫无疑问，从书中肯定能学到一些东西，但前提是人们不赋予它比其自身价值更多的价值，知道福楼拜"跟拉辛、圣西门、夏多布里昂、米什莱等人不是同类"。

巴代什也同意这一说法，并讲述了小说家福楼拜是如何诞生的：一八四八年九月，在二十七岁时，福楼拜在一个小小的朋友圈子内朗读了《圣安东的诱惑》的手稿。这是他"伟大的浪漫主义散文”，在书中（我继续引用巴代什的话），他“放入了他全部的心，全部的雄心”，他“全部的伟大思想”，但在座的人都不喜欢他的作品。朋友们劝他放弃他的“浪漫主义激情”，他的“伟大的抒情气魄”。福楼拜听从了劝告，三年后，在一八五一年九月，开始撰写《包法利夫人》。巴代什说，他这样做并没有什么快乐，就像是“一次关禁闭”，在他的众多信件中多次“咒骂、呻吟”:“包法利让我讨厌，包法利让我烦，题材的平庸让我恶心”，等等。

我觉得福楼拜仅仅为了勉强顺从朋友的意志而压抑自己“全部的心，全部的雄心”，是不太可能的。不，巴代什所讲述的，并非一个自毁的故事，而是一个关于转变的故事。福楼拜当时三十岁，正好是破去他那抒情之蛹的时刻。至于他后来抱怨他人物的平庸，那是为了小说的艺术，以及他热衷于将生活非诗性的一面作为他探寻的场所而必须付出的代价。

喜剧性的柔光

《情感教育》中的弗雷德里克在跟他爱上的阿尔努夫人共度了一次上流社会的良宵之后，陶醉于自己的前途。他回到家，在镜子面前停了下来。我引用一下："他觉得自己很英俊——用了一分钟时间来看自己。"

"一分钟"。在对时间如此精确的计量中，显示出这一场景所有的荒谬性。他停下来，看着自己，他觉得自己英俊。整整一分钟时间。一动不动。他坠入了爱河，但他不去想他所爱的那个人，而是被自己迷惑。他在镜子中看着自己。但他并没有看见在镜中看自己的他（福楼拜看见了他）。他封闭在他的抒情自我中，不知道喜剧性的柔光已经照到他以及他的爱情上。

在一个小说家的创作历程中，向反抒情的转变是一次根本性的经验；远离自己之后，他突然带着距离来看自己，惊讶地发现自己并非自己以为的那个人。有了这一经验之后，他会知道没有一个人是他自以为的那个人，知道这一误会是普遍性的、根本性的，从此他会知道如何将喜剧性的柔光投射到人的身上（比方说僵立在镜前的弗雷德里克）。（这一突然发现的喜剧性的柔光，是他的转变给予他的审慎而珍贵的补偿。）

爱玛·包法利在她故事的结尾处，在吃了银行家的闭门羹、被莱昂抛弃之后，上了一辆马车。在打开的车门前，一个乞丐“发出一声沉闷的嚎叫”。此时，她“从他肩上扔去一块五法郎的硬币。这是她的全部财产。她觉得这样将它扔出去是美的”。

确实，这是她的全部财产。她已山穷水尽。但我最后强调的那句话意味着福楼拜看清楚而爱玛没有意识到的东西：她并非仅仅做了一个大方的动作，她这样做很愉快；即使在这真正绝望的一刻，她也没有忘记向自己天真地展示自己的动作，想显得美。一道讽刺的柔光再也不离她一步，即使在她向已经如此逼近的死亡走去的时候。

撕裂的帷幕

一道魔幻的帷幕，上面织满了传奇，挂在世界的前面。塞万提斯派堂吉诃德去旅行，撕裂了这道帷幕。世界在这位流浪骑士面前，以它非诗性、喜剧性的裸体，呈现出来。

就像一位匆匆化妆去赴她的首次约会的女人，当世界涌向刚刚出生的我们时，是已经化过妆、戴上了面具、被预先阐释了的。而上当受骗的不光是保守者；反叛者，由于急于与一切和一切人对立，并没有意识到自己本身有多么驯服；他们所反叛的，仅仅是被阐释为（被预先阐释为）值得反叛的东西。

德拉克洛瓦的名画《自由引导人民》中的场景，他是从预先阐释的帷幕上复制下来的：一个年轻的女人站在街垒上，神情严肃，裸露的乳房令人害怕；在她旁边，是一个拿着手枪的毛孩子。虽然我不喜欢这幅画，但将它排除于伟大的绘画之外恐怕是荒谬的。

但一部歌颂如此程式化的姿态、如此陈旧的象征的小说，会自绝于小说的历史。因为，正是通过撕裂预先阐释的帷幕，塞万提斯让这一新艺术启程；他破坏性的动作反映在、延续在任何一部配得起小说之名的作品中，这是小说的艺术的身份标记。

荣 耀

尤奈斯库在撰写反对维克多·雨果的论争性小册子《雨果狂》时，二十六岁，还生活在罗马尼亚。他写道："名人传记的特点是他们想出名。普通人传记的特点是他们并不想或者没有想到成为名人。(……)一个名人是令人厌恶的……"

我们试着来明确一下"名人"这个词：一个人成为名人，是当认识他的人数明显超过他本人认识的人数时。一个伟大的外科医生得到的承认并非荣耀：他并非被公众钦佩，而是被他的病人，被他的同行。他活得很平衡。荣耀是一种不平衡。有的职业不可避免地、无法回避地将它带在了身后：政治家、模特儿、体育明星、艺术家。

艺术家的荣耀是所有荣耀中最可怕的，因为它隐含着不朽的概念。而这是一个可怕的陷阱，因为可笑的、狂妄的、认为可以在身后继续存在下去的自负，跟一个艺术家的正直与诚实是不可分割地联系在一起的。每一部带着真正的激情创作出来的小说，很自然地追求一种可持续的美学价值，也就是说，能够在它的作者去世后继续存在下去的价值。没有这一雄心而写作是一种犬儒主义：因为，如果说一个普通的管子工对人来说是有用的，那么，一个普通的小说家有意识地制造出一些短暂的、共同的、程式化的书，也就是无用的、也就是多余的、也就是有害的书，则是可鄙的。这就是小说家的厄运：他的诚实系在可恶的自大的柱子上。

人们杀死了我的阿尔贝蒂娜

比我大十岁的伊万·布拉特尼（他已经去世好几年了）是我从十四岁开始就钦佩的诗人。在他的一部诗集中，有一句诗经常重复出现，带着一个女人的名字："阿尔贝蒂娜，你。"这当然指的是普鲁斯特笔下的阿尔贝蒂娜。这个名字在我少年时代，成了所有女性名字中最萦绕我脑海的。

对于普鲁斯特，我当时只见过放在一位朋友书柜中的《追忆似水年华》二十多卷捷克译本的书脊。多亏了布拉特尼，多亏了他的"阿尔贝蒂娜，你"，我有一天一头扎进了书中。当我读到《在少女们身旁》时，普鲁斯特笔下的阿尔贝蒂娜不知不觉跟我的诗人笔下的阿尔贝蒂娜重叠在了一起。

捷克的诗人喜爱普鲁斯特的作品，但不了解他的生平。伊万·布拉特尼也不了解。我本人也只是到很久之后，才失去了这一美好的无知的特权，因为有一天，我听说阿尔贝蒂娜这人物是从一个男人那里得到启发的，这男人是普鲁斯特的一个爱人。

可人们在瞎扯些什么呀！不管是从一个男人还是一个女人那里得到启发的，阿尔贝蒂娜就是阿尔贝蒂娜，这就够了！一部小说是一种炼金术的结果，这种炼金术将一个女人转化为一个男人，一个男人转化为一个女人，将烂泥化为金子，将轶事化为正剧！正是这种神圣的炼金术为小说家带来力量，造就其艺术的奥秘、辉煌。

没办法，我徒劳地将阿尔贝蒂娜视为最令人难忘的女性之一，自从有人告诉我她的原型是一个男人之后，这一无用的信息就安顿在了我的脑海中，仿佛发到电脑软件中的一个病毒。一个雄性钻到了我与阿尔贝蒂娜之间，模糊了她的形象，破坏了她的女性特征。一会儿我见到她有着美丽的乳房，一会儿又是平平的胸膛，而且有时候在她面孔柔滑的皮肤上还长出胡子来。

人们杀死了我的阿尔贝蒂娜。于是我想到福楼拜的话:“艺术家必须让后世相信他从未生活过。”必须好好理解这句话的含义：小说家最先要保护的，并非他本人，而是阿尔贝蒂娜和阿尔努夫人。

马塞尔·普鲁斯特的结论

在《追忆似水年华》中，普鲁斯特再明白不过了:“在这部小说中……没有一件事实是虚构出来的……没有一个人物是藏有机关的。”虽然普鲁斯特的小说与作者生活的联系是那么紧密，但它并非自传；在他身上没有任何自传意向；他写这部小说并非为了讲他的生活，而是为了通过读者的眼睛照亮他们的生活:“……每一个读者在阅读的时候，都是他自己的读者。作家的作品只不过是作家送给读者的某种视觉工具，以让他可以分辨出如果没有这本书他可能就在自己身上看不到的东西。读者如果在自己身上认出了书中所说的东西，那就证明这本书具有真理性……”普鲁斯特的这些话并非仅仅定义了普鲁斯特本人小说的意义；它们定义了整个小说艺术的意义。

本质性原则

巴代什这样概括他对《包法利夫人》的结论:“福楼拜错过了他作为作家的命运！而这其实不也是那么多福楼拜的崇拜者的评判？他们在读完此书后会对您说：啊！可您要是读一读他的通信集，那可是杰作，它显示出作者是怎样一位令人着迷的人啊！”

我本人也经常重读福楼拜的通信集，一心想知道他对自己的艺术以及别人的艺术是怎么想的。然而，通信集，不管它如何迷人，终究既非代表作，也非作品。因为作品并非一个小说家所写的一切：信件、评论、日记、文章。作品是围绕一种美学规划而进行的长期工作的最终成果。

更进一步：作品是小说家在总结的时刻到来时会首肯的东西。因为生命是短暂的，阅读是漫长的，而文学正在以一种疯狂的繁殖在自杀。从自己开始，每个小说家应该清除一切次要的东西，为自己也为别人，崇尚本质性原则。

但不仅仅存在作者，成百上千的作者，还有研究者，研究者的大军。他们为一种相反的原则所引导，将他们能找到的一切都堆积起来，以囊括全部，他们的最高目标。全部，也就是还要有一大堆的草稿，被划掉的段落，被作者自己扔掉的章节，研究者将它们放在所谓拾遗补缺的“校勘版”，还美其名曰“不同版本”，这就意味着，只要词语还有意义，作者所写的一切都是具有价值的，同样会被他首肯。

本质性原则让位给了*文献性原则*。（文献的理想：在一个巨大的公共墓穴中，一切都是安适、美妙的平等。）

阅读是漫长的，生命是短暂的

我跟一个法国作家朋友交谈，我坚持让他读一读贡布罗维奇。当我过了一段时间再次遇见他时，他很窘迫："我听了您的话，但坦诚地说，我不明白您为什么那么热衷于他。""您读了什么？""《被迷惑的人》！""哎呀！为什么读《被迷惑的人》？"

《被迷惑的人》只是在贡布罗维奇去世之后才出版成书的。这是一部他年轻时用一个笔名在战前波兰的一份报纸上发表的通俗小说。他从未将它出版成书，他从未有过这样做的意图。他生命的最后，出版了他与多米尼克·德·鲁的长长的谈话，题为《遗嘱》，贡布罗维奇在书中评论了他所有的作品。所有。一本一本地评论。对《被迷惑的人》连一句话都没有！

我说："您应该读他的《费尔迪杜尔克》！或者《春宫画》！"

他忧郁地看着我："我的朋友，我眼前的生命越来越短。我留给您那位作家的时间份额已经用完了。"

小男孩与他的祖母

斯特拉文斯基因为乐队指挥安塞梅想删剪他的芭蕾舞曲《牌戏》而中止了与这位指挥的长年友谊。后来，斯特拉文斯基本人重拾他的《管乐交响曲》，并作了多处改动。同一位安塞梅知道后发火了。他不喜欢改动，向斯特拉文斯基质疑改变他所作的乐曲的权利。

前后两种情况，斯特拉文斯基的答复都是同样掷地有声：我亲爱的，这跟您没有关系！在我的作品中，不要像在您自己的卧室中一样！因为一位作者创作的，既不属于他爸爸，也不属于他妈妈，也不属于他民族，也不属于全人类，而只属于他自己。他可以想什么时候出版就什么时候出版，他可以改动它，改变它，拉长它，缩短它，将它扔到抽水马桶内并拉下水闸，而没有任何义务向任何人进行解释。

我十九岁的时候，在我出生的城市，一个年轻的大学教师作了一次公开讲座；当时是共产主义革命的头几个月，于是顺应时代精神，他讲到艺术的社会责任。在讲座之后有一场讨论，我只记得诗人约瑟夫·凯纳尔（跟布拉特尼是同时代人，他也已去世好几年了）作为向大学学者的回应，讲述了一件轶事：一个小男孩带着他双目失明的老祖母在外面散步。他们在一条街上走着，时不时地，小男孩说："祖母，当心，有树根！"老太太以为是在森林里走，就不时地跳一下。路人纷纷指责小男孩："小孩，你怎么能这样待你祖母！"而小男孩回答："她是我的祖母！我想怎么待她就怎么待她！"凯纳尔总结说："我跟我的诗歌就是这样。"我永远都不会忘记这一在年轻的革命蔑视的目光之下宣告作者权利的示范。

塞万提斯的结论

好几次在他的小说中，塞万提斯列举了大量骑士方面的书。他提到它们的名字，但并不觉得有必要提到它们作者的名字。在那个时代，对作者以及他的权利的尊重还没有进入习俗。

我们再提一遍：在塞万提斯还没有完成他小说的第二部时，直到现在还不为人知的一个作家在他之前，用一个笔名，出版了自己撰写的堂吉诃德冒险故事的续集。塞万提斯的反应跟今天任何一位小说家的反应是一样的：他愤怒了；他猛烈地攻击那个抄袭者，并不无骄傲地宣称："堂吉诃德只为我一人而生，我也只为他而生。他会行动，我会写。他和我，我们只是同一回事……"

从塞万提斯起，这就是一部小说的首要和根本的标志：它是一种惟一的、不可模仿的创作，跟一位作者的想象力密不可分。在堂吉诃德被写出来之前，没有任何人可以想象一个堂吉诃德；他具有不可预料性；而从此以后，没有了不可预料的魅力，任何一个伟大的小说人物（以及任何一部伟大的小说）都是不可想象的。

小说艺术的诞生，跟对作者权利的意识以及对它的强烈捍卫是联系在一起的。小说家是他作品的惟一主人；他就是他的作品。以前并非总是这样。将来也不会总是这样。但那样的话，作为塞万提斯遗产的小说艺术，将不复存在。

第五部分

美学与存在

美学与存在

到哪里去寻找人们相互之间产生仇恨或好感，能否成为朋友的最深层理由？在《没有个性的人》中，克拉丽丝与瓦尔特是乌尔里希的老相识。他们首次在小说场景中出现，是乌尔里希走进他们家，看到他们在四手联弹钢琴。“这一低矮的宠物，爪子着地蹲坐着，嘴巴张得大大的，就像是叭喇狗与短腿猎犬的杂交产物”，这个可怕的“扬声器，通过它，灵魂像一只发情的鹿，向整个宇宙发出它的叫声”。对乌尔里希来说，钢琴代表了他最为厌恶的东西。

这一隐喻照明了乌尔里希和这对夫妇之间无法消除的不和；一种似乎是无缘无故、不可解释的不和，因为它并非来自任何利益上的冲突，既非政治性的，又非意识形态的，也非宗教性的；它之所以如此无法把握，那是因为它的根扎得太深，一直扎到了人物的美学基质中；让我们再回顾一下黑格尔所说的：音乐是最抒情的艺术，比抒情诗还要抒情。在整部小说中，乌尔里希都要与他这对朋友的抒情相抵触。

后来，克拉丽丝投身到了拯救莫斯布鲁格的事业中。莫斯布鲁格是个凶手，被判处死刑，上流社会想拯救他，试图证明他疯了，从而是无辜的。“莫斯布鲁格，就像是音乐，”克拉丽丝到处向人重复这句话。正是通过这句毫无逻辑的话（是故意无逻辑的，因为抒情精神就喜欢通过无逻辑的句子来体现），她的灵魂向全世界发出悲悯的喊声。乌尔里希对这一喊声无动于衷。并非他希望一个疯子被判处死刑，而是因为他无法忍受莫斯布鲁格的捍卫者歇斯底里的抒情。

美学概念只是在我看到了它们的存在根源时，在我把它们当作存在概念来理解时，才开始让我感兴趣。因为，人们不管是简单的还是优雅的、聪明的还是愚蠢的，都在他们的生活中不断与美、丑、崇高、喜剧性、悲剧性、抒情性、戏剧性、行动、曲折、升华等概念相撞击，或者用一些没有那么哲学化的词，与不懂幽默的人、媚俗或平庸相撞击。所有这些概念都是引向存在的不同方面的佳径，这些方面通过其他任何手段都是不可及的。

行动

史诗艺术建立于行动之上。一个行动可以完全自由表现出来的样板社会是希腊英雄时代的社会。黑格尔就是这样说的，他以《伊利亚特》为例：尽管阿伽门农是众王之王，其他国王和王子都是自由地聚集在他身旁，而且他们跟阿喀琉斯一样，可以自由地远离战争。民众也是自愿追随他们的君王的；不存在任何一种可以强迫他们的法律；只有个人的冲动，荣誉感，尊重，在最强者面前感到的卑微，对一位英雄的勇气产生的痴迷，等等，可以决定人们的行为。参与斗争的自由和逃避斗争的自由向每一个人都保证了他的独立性。因此，行动保留了个人的特征，并由此而保留了它的诗性形式。

跟这个史诗摇篮的古老世界相对立，黑格尔提到了他自己所处时代的社会。它被组织为国家，具有宪法、法令、法制，全能的行政，各大部门、警察，等等；这一社会将它的道德准则强加于个体，个体的行为就这样不是由他自己的人格来决定，而更多被来自外界的、匿名的意志所决定。而小说正是诞生在了这样一个世界中。正如以前的史诗，它也是建立在行动之上的。但是，在一部小说中，行动被问题化了，作为多样的问题而展示出来：假如说行动只是服从的结果，它是否还称得上行动？又如何区分重复动作的行动跟例行公事？具体来讲，“自由”一词在行动可能性如此之少的官僚主义化现代世界中，又意味着什么？

詹姆斯·乔伊斯和卡夫卡都触及了这些问题的极限。乔伊斯巨大的显微镜将每一个日常细小的动作无限放大，从而将布鲁姆极其平庸的一天时间转化成了现代伟大的《奥德赛》；被聘为土地测量员的K来到一个村庄，作好奋斗的准备，以赢得在那里生活的权利。但他奋斗的结果是十分可怜的：在经过无数挫折之后，他只成功地向一个软弱无能的村长表达了他的要求，然后又向一个在那里打瞌睡的低层公务员表达了同样要求。就这些。跟乔伊斯的现代《奥德赛》相比，卡夫卡的《城堡》是现代的《伊利亚特》。关于史诗世界的背面的梦幻式《奥德赛》与《伊利亚特》，因为这一世界的正面已不可及。

一百五十年之前，劳伦斯·斯特恩就已经抓住了行动的这一问题化的、悖论性的特点。在《项狄传》中，只有一些极为细小的行动。在好几章中，项狄的父亲试着用他的左手从右边口袋中拿出手帕来，同时用他的右手去摘头上的假发；在好几章中，斯娄泼医生在解他手术包上的结，结太多了，而且系得太紧了，包中放着要将项狄接生到人世间来的外科手术工具。行动的缺席（或者说行动的细小化）是带着一种田园牧歌式的微笑来进行处理的（这一微笑在乔伊斯与卡夫卡那里是没有的，在整个小说的历史上都是独一无二的）。我认为在这一微笑中可以看到一种彻底的忧郁：行动的人总想征服什么；谁想征服什么就会为他人带来痛苦；对行动的放弃是幸福、平和的惟一道路。

不懂幽默的人

在牧师约里克的身边，人们总是在“假装严肃”。这位《项狄传》中的人物之一看到的只是欺骗，“似一件大衣，隐藏着无知或愚蠢”。他在力所能及的情况下，以“逗乐、幽默”的评论予以反击。但这一“不谨慎的玩笑方式”是很危险的：“每十几个词就为他招来上百名敌人”，以至于有一天，实在无力抵抗来自不懂幽默的人的报复，他“扔掉了剑”，“心碎”而死。是的，在讲述他的约里克的故事时，斯特恩用了“不懂幽默的人”这个词。这个词是拉伯雷借用希腊语创造出来的，专指那些不会笑的人。拉伯雷厌恶那些不懂幽默的人，照他自己的说法，因为他们，他险些“就此封笔”。约里克的故事是斯特恩向他那两个世纪前的大师致的兄弟般的敬礼。

有些人，我十分钦佩他们的智慧，欣赏他们的诚实，但与他们在一起感到十分不自在：我在讲话时，有些话隐去不说，为了不被错误理解，为了不显得玩世不恭，为了不让一个过于轻佻的词使他们受到伤害。他们无法与喜剧性的东西和平共处。我并不指责他们，他们不懂幽默的一面深深地隐藏在他们身上，他们对此也毫无办法。但我也没有办法，在不憎恨他们的前提下，我对他们敬而远之。我可不想跟牧师约里克一样下场。

每个美学概念（不懂幽默也是其中一个概念）都打开一个无穷无尽的问题。那些以前从意识形态上（神学上）驱逐拉伯雷的人，是被一种比转化成抽象教条的信念更深层的东西驱使的。使他们恼怒的，是一种美学上的分歧：跟不严肃的东西极度不协调；对居然胆敢发出不合时宜的笑的恼怒。因为，如果说不懂幽默的人倾向于把每一个笑话都看作是一种亵渎，那是因为，确实，每一个笑话*就是*一种亵渎。在喜剧性与神圣性之间，有一种无法解决的不相容。人们只能自问，神圣始于何处，又止于何处。它是否只与庙宇临近？还是说，它的范畴可以延伸得更远，可以兼容那些被人称为伟大的世俗价值的东西，如母性、亲情、爱国、人的尊严？那些认为生活是神圣的，完全、无条件的神圣的人，对任何笑话都报以公开或隐藏的愤怒，因为在任何一个笑话中，都显示出喜剧性，而喜剧性本身，就是对生活的神圣特性的侮辱。

不理解不懂幽默的人，就无法理解喜剧性。不懂幽默的人的存在，使喜剧性得以全面展开，使它像是一种挑战，一种危险，昭示它的戏剧性本质。

幽默

在《堂吉诃德》中，人们可以听到一种笑声，它仿佛来自中世纪的滑稽剧：笑一个将放胡子的盘子当作头盔戴的骑士，笑他那被痛打的仆人。但除了这种经常是老一套的、残忍的喜剧性之外，塞万提斯还让我们品尝到了另一种细腻得多的喜剧性：

一位可爱的乡绅邀请堂吉诃德到他家去。他的儿子是个诗人。比父亲更清醒的儿子马上就看出客人其实是个疯子，所以就大模大样地保持与他的距离。接下来，堂吉诃德请年轻人朗诵他写的诗；难以推却的年轻人听从了；堂吉诃德对他的才华进行了高度的赞扬；受到奉承的儿子高兴极了，对客人的智慧惊叹不已，一下子忘记了他的疯狂。因此，究竟谁更疯狂些，是称赞清醒的人的疯子，还是相信疯子的称赞的清醒的人？我们进入了另一种喜剧性的领地，它更细腻，也要珍贵得多。我们笑，并非因为有一个人被嘲笑了，处于可笑的境地，或者甚至受到了侮辱，而是因为，现实突然带着它的模棱两可性呈现出来，事物失去了它们表面的意义，在我们面前的人并非他以为是的那个人。这就是幽默（对奥克塔维奥·帕斯来说，幽默是归功于塞万提斯的现代的“伟大发明”）。

幽默并非在一个处境或一篇叙述的喜剧性结局中短暂地迸发出来博我们一笑的火花。它那审慎的光照亮着生命的整道风景。我们试着再来看一遍我刚刚讲述的场景，就当它是一部电影的胶片：可爱的乡绅将堂吉诃德请到他的城堡内，并向他介绍自己的儿子。这位儿子马上向这位怪诞不羁的客人表现出矜持和优越感。但是，这一回，我们已经知道了结果：我们已经看到年轻人在堂吉诃德过一会称赞他的诗的时候他那种自恋的快乐；当我们现在再一次看到场景的开端，儿子的举止马上就让我们觉得他很自负，与他的年龄不符，也就是说，他从一开始就是可笑的。一个在他身后已经有过许多“人性”经验的成年人（他看生活就像是重新看一遍已经看过的电影胶片）就是这样看世界的，很久以来，他已经不再把人们的严肃当一回事。

假如悲剧性已将我们抛弃

在有了痛苦的经验之后，克瑞翁明白了那些对城邦有责任的人有遏制他们个人激情的义务；坚信这一点的他与反对他、捍卫同样合法的个体权利的安提戈涅产生了殊死的冲突。他丝毫不作妥协，她死去了，而他本人，在负罪感的重压之下，只求“不再见到明日”。《安提戈涅》为黑格尔带来灵感，使他写出了关于悲剧性的伟大思考：两个人物相撞击，每一方都与一种部分的、相对的真理紧紧联系在一起，但是，假如只是看这一真理本身，它是完全合理的。每一方都准备好为之献出生命，但只有以完全毁掉对方为代价，才能让他捍卫的真理获胜。因此，他们两人都是既正确又有罪的。黑格尔说，对伟大的悲剧人物来说，有罪是一种荣誉。沉重的负罪感，使得后来的和解成为可能。

将人类重大的冲突从善与恶斗争的天真解释中解脱出来，并在悲剧的照明下去理解冲突，乃是人类智性一种巨大的能力。它使得人类真理致命的相对性显示出来。它使人感到一种为敌人也讨回公正的需要。但是，道德上善恶二元论的活力是不可战胜的：我想起战争刚刚结束时我在布拉格看到的一出改编的《安提戈涅》。改编者将悲剧性扼杀在了悲剧之中，将克瑞翁变成了一个彻底毁掉了一名自由阵线女英雄的、可憎的法西斯分子。

在第二次世界大战之后，将《安提戈涅》在政治上加以时事化的做法非常流行。希特勒不但在欧洲犯下了罄竹难书的暴行，还掠走了它的悲剧感。以与纳粹主义的斗争为例，之后当代所有的政治历史都被作为一种善与恶的斗争来经历，来评判。战争、内战、革命、反革命、民族斗争、起义、对起义的镇压都被从悲剧性的领土上赶走，在那些急于惩罚的法官的权威下一扫而光。这是不是一种倒退？堕落到了人类在悲剧出现之前的阶段？但在这种情况下，倒退的是谁？是罪犯篡夺了的大写的历史本身？还是我们认识大写的历史的方式？我经常对自己说：悲剧性将我们抛弃了；而很可能，这才是真正的惩罚。

逃 兵

荷马并不让人去怀疑那些驱使希腊人围攻特洛伊的理由。但是，当欧里庇得斯隔着几个世纪的距离，将目光放到同一场战争上时，他已不再羡慕海伦，并指出，这个女人的价值与为她牺牲的成千上万条命之间，是多么的不成比例。在《俄瑞斯忒斯》中，他通过阿波罗的嘴说："神让海伦如此美丽，只是为了让希腊人与特洛伊人产生冲突，并通过他们的屠戮，将地球上太多的、妨碍它的人除去，使地球不受重负。"突然间，一切都明白了：这场最著名的战争的意义跟任何一项伟大的事业都没有任何关系；它惟一的目的就是屠戮、残杀。但在这种情况下，人们是否还能谈什么悲剧性？

去问一下人们，一九一四年那场战争的真正理由是什么。没有人能够回答，尽管那场浩大的屠杀是刚刚结束不久的那个世纪以及它所有的恶的根源。要是有人至少可以告诉我们，欧洲人当时自相残杀是为了拯救一个戴了绿帽子的男人的荣誉，倒也好了！

欧里庇得斯当然还不至于认为特洛伊战争具有喜剧性。有一部小说跨出了这一步。哈谢克笔下的好兵帅克感到自己与战争的目的是那么没有关系，所以他甚至不去质疑这些目的；他根本就不知道有什么目的；他也不作努力去知道。战争是可怕的，但他不把它当回事。对没有意义的事不可能当回事。

在有些时候，大写的历史，它的那些伟大的理由，它的那些英雄人物，可以显得是无足轻重的，甚至是喜剧性的，但是，长久地这样看待大写的历史却是很难的，很不人性，甚至超越于人性之上。也许那些逃兵可以做到。帅克是个逃兵。并非从这个词的法律意义上来看（一个不合法地离开军队的人）而是从他面临大的集体冲突表现出的完全的无动于衷这一点来看。从任何角度来讲，不管是政治的，法律的，还是道德的，逃兵都是不讨人喜欢、应当判罪的，跟懦夫和叛徒是一族。小说家的目光则以另外的方式来看他：逃兵是一个拒绝为他同时代人的争斗赋予一种意义的人。他拒绝从屠杀中看出一种伟大的悲剧性来。他厌恶像一个小丑那样参与大写的历史的喜剧。他对事物的视觉经常是清醒的，非常清醒，但这种清醒使他很难保持自己的立场。它使他从同时代人中分离出来，使他远离人类。

（在一九一四年的那场战争中，所有捷克人都觉得跟哈布斯堡帝国让他们去卖命的目的毫无关系；身处逃兵大军中的帅克是一个与众不同的逃兵：一个幸福的逃兵。当我想到他在他的国家依然那么深入人心，我就会产生这样的念头：像这样罕见的、几乎隐秘的，不为别人分享的伟大的集体处境，甚至可以为一个民族提供它的存在理由。）

悲剧之链

一个行为，不管它多么无辜，也不会自行消失。事实上，它会引发另一个行为，从而引发出一系列事件形成的链。一个人面对他的无穷延伸，处于无法估量的、可怕的变幻中的行为，究竟在多大程度上可以不再负责任？俄狄浦斯在《俄狄浦斯王》最后高声说出的伟大台词中，诅咒了那些以前曾救下他的婴儿之身的人，因为他的父母本想遗弃他；他诅咒了引出无法言说的恶的盲目的善；他诅咒了这一系列行动之链，在这条链中，意图的真诚不起任何作用；他诅咒了这将所有人连在一起并将人变成一种惟一的悲剧性人物的无穷之链。

俄狄浦斯是否有罪？这个从法学家的词汇里借用来的词在这里没有任何意义。在《俄狄浦斯王》的末尾，他用上吊自尽的伊俄卡斯忒长袍上的别针刺瞎了自己的眼睛。对他来说，这是不是一个他施于自身的惩罚行为？出于自我惩罚的意志？不想再看到他既是原因又是目标的可怕事实？也就是说，一种不是对公正而是对虚无的愿望？在索福克勒斯留给我们的最后一出戏《俄狄浦斯在科罗诺斯》中，已经盲了的俄狄浦斯面对克瑞翁的指控进行激烈的自我辩护，在陪伴他的安提戈涅赞许的目光下，宣布自己是无辜的。

由于我以前曾有机会观察过共产主义国家的人，我很惊诧地看到，他们经常对起因于他们行为的现实持非常批判的态度，这些行为在他们眼皮底下转变成了由一系列不可控制的后果组成的链。您会跟我说，他们要是真的那么清醒，为什么没有拂袖而去呢？是出于投机的心态吗？出于对权力的爱？由于害怕？可能吧。但也不能排除，至少有一些人是受到了一种责任感的驱使，因为他们看到自己帮助一种行为发生在了世界上，而且他们并不想否认行为是因他们而生，一直隐隐带着一种希望，觉得有一天他们会有能力纠正它，改变它的演变方向，重新赋予它一种意义。这一希望越成为泡影，他们的存在的悲剧性就越显露出来。

地 狱

在《丧钟为谁而鸣》第十章中，海明威讲述了有一天，共和国军（他是亲共和国的，不管是作为个人，还是作为作家）占领了一座被法西斯蹂躏的小城市。他们在不进行任何诉讼的情况下，判了二十几个人的刑，将他们赶到广场上。在此之前，他们纠集起了一群拿着连枷、叉子、镰刀的人，让他们来杀掉有罪者。有罪吗？他们当中的大部分人只是被动地加入了法西斯党，所以，那些刽子手其实是十分了解他们的普通人，并不憎恨他们。起先，一个个都很腼腆、缩手缩脚；只是在酒精起作用之后，后来又在血腥气的作用下，他们才开始激动起来，直至最后的场景（对该场景的细致描写几乎占了小说的十分之一篇幅！）变成了可怕的、残酷的发泄，一切都成了*地狱*。

美学概念不停地转化为问题。我问自己：大写的历史是悲剧性的吗？换一种说法，在个人命运之外，悲剧性的概念还有没有意义？当大写的历史启动了民众、军队、痛苦和复仇，就不再能够区分出个体的意志；悲剧完全被从下水道溢出并漫过整个世界的水淹没了。

至少，人们可以到恐怖的残骸之下去寻找被淹没的悲剧性，到那些有勇气为真理冒生命危险的人的最初冲动中去寻找悲剧性。

但是，在有些灾祸之下，任何考古的挖掘都找不到一丝悲剧性的残余。比如，为金钱而屠杀；更为糟糕的，为了一种幻觉而屠杀；还有更为糟糕的：为了一种愚蠢。

地狱（地球上的地狱）不是悲剧性；地狱，是没有任何悲剧性痕迹的灾祸。

第六部分

撕裂的帷幕

可怜的阿隆索·吉哈达

阿隆索·吉哈达，一位可怜的乡绅，决定成为一个流浪骑士，并将自己命名为堂吉诃德·台·拉·曼却。如何来定义他的身份？他是他所不是的那个人。

他从理发师那里拿来一个放胡子的铜盘，用作头盔。后来，很偶然地，理发师来到了堂吉诃德与人在一起闲谈的小酒馆；他见到了他放胡子的铜盘，想拿回去。但是，骄傲的堂吉诃德拒绝将头盔视为一个放胡子的铜盘。一下子，一件看上去如此简单的物品成了问题。况且，如何证明一个放胡子的铜盘搁到了头上就不是头盔呢？在座的人都觉得非常好玩，顽皮地找到了惟一能够客观地显示真理的办法：无记名表决。所有在场的人都参与了，结果毫不含糊：这件物品被认定是头盔。真是一则了不起的关于本体论的笑话！

堂吉诃德爱上了杜尔西内娅，他只是偶然瞥见她，或者可能从未见过。他坠入了爱河，但正如他自己所说，“仅仅是因为游侠骑士必须这样”。不忠、背叛、爱情上的失望，所有叙述文学一直以来都知道这些。但是，在塞万提斯那里，受到质疑的，不是情人们，而是爱情，爱情这一概念本身。因为，假如爱一个女人却并不认识她，那什么是爱情呢？一个简单的爱的决定？或者甚至是一种模仿？这个问题跟我们所有人都有关：假如说，从我们的童年开始，没有爱情的榜样让我们去追随，我们能否知道什么叫爱？

一位可怜的乡绅，阿隆索·吉哈达，以三个关于存在的问题打开了小说艺术的历史：个体的身份是什么？真理是什么？爱情是什么？

撕裂的帷幕

还是一九八九年以后的一次回布拉格。从一位朋友的书架上，我随意地抽出了亚罗米尔·约翰的一本书，他是两次大战期间的捷克作家。这部小说已被人遗忘了很久，题目是《爆炸的魔鬼》，这一天我是头一次读它。书创作于一九三二年左右，讲述了一个大约在成书十年前的故事，发生于一九一八年宣告成立的捷克斯洛伐克共和国的最初几年。恩格尔贝特先生是原哈布斯堡君主立宪制时代的林业顾问，他搬家到布拉格，以度退休后的残年；但是，随着不断与新兴国家那种咄咄逼人的现代性相冲突，他感到越来越失望。这是一个人人皆知的处境。然而，有一件事是从未被人提到过的，那就是，这一现代世界的可怕，恩格尔贝特先生的厄运，既非由于金钱的力量，也非由于暴发户们的嚣张，而是来自噪音；并非以前的暴风雨或锤子的噪音，而是现在的发动机的噪音，尤其是汽车和摩托车——“爆炸的魔鬼”——的噪音。

可怜的恩格尔贝特先生：他起先住到一个居民聚集区的别墅内；就在那里，汽车第一次让他发现了将他的生活变成毫无止境的逃避的恶。他搬到另一个区，很高兴，因为在他住的街上，汽车是不准通行的。但他不知道，禁行只是暂时的，晚上，他听到“爆炸的魔鬼”在他窗下又开始轰鸣，愤怒不已。从此，他上床之前都要在耳朵里塞上耳塞，因为他明白“睡眠，这是人类最根本的欲望，因无法入睡而造成的死亡一定是最可怕的死亡”。他到乡村旅店里寻找安静（但徒劳无益），到外省城市原先的同事那里寻找安静（但无济于事），最后只能在火车上过夜，因为火车那温柔而古老的噪音，能为他在被噪音包围的生活中带来相对平静的睡眠。

约翰写他的小说时，一百个布拉格人中可能才有一辆汽车，或者，谁知道呢，是一千个人中才有一辆。正是在噪音现象（发动机的噪音）还很稀少的时候，它才以令人惊诧的新颖性呈现出来。我们可以从中推断出一个普遍规则：一个社会现象的存在意义并非在它普及时，而是在它肇始时，才可以让人以最大的敏锐感知到，也就是在它比后来弱小得多的时候。尼采发现，在十六世纪，教会在德国，比在世界上任何其他地方都要不腐败些，正因如此，宗教改革恰恰就在那里发生，因为，只有“腐败的初始阶段才被认为是不可忍受的”。卡夫卡时期的官僚主义跟今天相比，简直是个无辜的孩子，然而正是卡夫卡发现了它的可怕，到后来，它就很平凡了，不再让任何人感兴趣。在二十世纪的六十年代，一些杰出的哲学家对“消费社会”进行批评。随着时间的推移，这种批评已经如此可笑地被现实超越，以至于人们今天都羞于提起它。因为还必须提到另一个普遍规则：现实是没有任何廉耻感地重复着的，然而思想，面对现实的重复，最后总是缄默不语。

在一九二〇年，恩格尔贝特先生还对“爆炸的魔鬼”的噪音感到惊讶；接下来的几代人就认为它是很自然的；噪音在让人感到可怕，使人得病之后，渐渐地，又重新塑造了人；通过它的无处不在和它的持久，它最终成功地向人灌输了对噪音的需求，以及与此同时的一种跟大自然，跟休息、跟快乐、跟美、跟音乐（音乐成了一种不间断的声音背景，失去了它作为艺术的特点），甚至跟话语（它不再跟以前一样在众多声音中占据特权的地位）的完全不同的关系。在存在的历史中，这是一个如此深刻的变化，如此持久，以至于任何一场战争，任何一场革命也没有能力制造出相似的现象。亚罗米尔·约翰谦卑地发现了这一变化，描写了其开端。

我说“谦卑地”，因为约翰属于那些被人称为二流的小说家。然而，不管是伟大的还是渺小的，他是一个真正的小说家：他不去复制绣织在预先阐释的帷幕上的真理，他有着塞万提斯式的撕裂帷幕的勇气。我们让恩格尔贝特先生从小说中走出来，想象他作为一个真实的人，开始撰写他的自传。他的自传将跟约翰的小说一点都不相似！因为，跟大多数他的同类一样，恩格尔贝特先生习惯于根据能够从悬挂在世界前面的帷幕上看到的来评判生活。他知道，噪音现象，不管它如何让他感到不舒服，终究是不值得感兴趣的。相反，自由、独立、民主，或者，从对立角度来看，资本主义、剥削、不平等，那才是，一百个是，那才是严肃的概念，能够赋予一种命运以意义，将一种不幸变得高贵！所以，在我看来一定是戴着耳塞撰写的自传中，他会着重强调他祖国重新找回的独立，抨击暴发户的自私；至于“爆炸的魔鬼”，他会将它们赶到书页的下方，作为一种无聊的琐事而提到，至多博人一笑而已。

悲剧性被撕裂的帷幕

我又一次要让阿隆索·吉哈达的身影浮现出来；看到他骑上他的驽骍难得，出发去寻找伟大的战役。他随时准备好，为了一个高尚的事业而牺牲自己的生命，但悲剧并不需要他。因为从一诞生起，小说就对悲剧不予信任：不信任它对伟大的崇拜；不信任它的戏剧源泉；不信任它对生活非诗性一面的闭眼不见。可怜的阿隆索·吉哈达。在他那张悲哀的脸所到之处，一切都成了喜剧。

可能没有一个小说家像维克多·雨果在《九三年》(一八七四)中那样，听任自己受到悲剧性情感的诱惑。这是雨果关于伟大的法兰西革命的小说。他的三个人物都化了妆，穿上正装，给人的感觉是直接从画上摆到了小说内：德·朗特纳克侯爵，狂热地忠诚于君主制；西穆尔丹，大革命的伟大人物，对它的真理性也同样深信不疑；最后是朗特纳克的侄孙，戈万，在西穆尔丹的影响下，这位贵族成了大革命时期一位伟大的将军。

下面是他们故事的结尾：在一场极其残酷的战役中，大革命的军队包围了一座城堡，朗特纳克成功地从一个秘密通道逃遁了。然后，已经处于围城者的危险之外的他，在田野中，看到了着火的城堡，并听到了一位母亲绝望的抽泣声。就在那一刻，他想起共和国一个家庭中的三个小孩被作为人质，关在了一个铁门背后，而他的口袋中放着铁门的钥匙。他在此之前已经见过成百上千的死者，男人，女人，老人，都没有心软。但是，小孩的死亡，不，永远不，怎么也不能，他不能允许这样！于是他又钻进了同一个地下通道，当着他那些瞠目结舌的敌人的面，将孩子们从火焰中解救了出来。被捕之后，他被判处死刑。当戈万得知他叔祖父的英勇行为之后，他那些确信无疑的道德准则动摇了：这个为了拯救小孩的生命而牺牲的人难道不应当宽恕吗？他帮助朗特纳克越狱，心里很清楚他这样做是自我判刑。确实，忠诚于大革命毫不留情的原则的西穆尔丹将戈万送上了断头台，尽管他爱他如亲生子。对戈万来说，死亡的判决是公正的，他平静地接受了它。当断头刀落下时，西穆尔丹这位伟大的革命家朝自己的胸口开了一枪。

将这些人物变成一出悲剧中的角色的，是他们跟他们愿意为之献身的信念的完全认同，并真的就为之献身了。在它五年前创作的《情感教育》（一八六九）讲述的也是一场革命（一八四八年的革命），则完全处于一个与悲剧风牛马不相及的世界内：人物有自己的观点，但人微言轻，这些观点没有重量，没有必要；他们经常变换观点，并非因为有什么深刻的智力上的重新审视，而是像他们换领带一样，只是因为他们不喜欢领带的颜色。戴洛里耶看到弗雷德里克拒绝付他曾答应捐给杂志的一万五千法郎时，马上，“他跟弗雷德里克的友谊就完了（……）。一种对富人的仇恨占据着他。他转向了塞内卡尔的观点，并暗暗发誓为其服务”。在阿尔努夫人以她的贞洁让弗雷德里克失望的时候，弗雷德里克“跟戴洛里耶一样，希望出现全世界的大动荡”。

塞内卡尔这位最积极的革命家，“民主派”，“人民的朋友”，成为一厂之长，傲慢地对待手下的人员。弗雷德里克对他说：“啊，作为一个民主派，您真够狠的！”塞内卡尔：“民主不是个人主义的放任无羁，而是法律之下的共同等级，是工作的分工，是秩序！”在一八四八年的那些日子，他又成了革命家。后来，手中拿着武器的他又去镇压同一场革命。然而，将他视为一个习惯性地勤换外衣的投机分子是不公正的。不管是革命，还是反革命，他一直是同一个人。因为——而这是福楼拜的一个伟大发现——一种政治态度所倚仗的，并非一种观点（这种东西是如此脆弱，如此轻飘！），而是某种没有那么理性，却更为坚实的东西：比方说，在塞内卡尔那里，是一种对秩序的根深蒂固的执着，一种对个体的根深蒂固的仇恨（正如他所说的，是对“个人主义的放任无羁”的仇恨）。

对福楼拜来说，再没有比对他的人物进行道德评判更为陌生了；弗雷德里克或戴洛里耶缺乏信念，并不使他们值得讨伐或者不可爱；况且，他们远不是懦弱或犬儒主义的人，而经常有进行英勇行为的需求；在革命的那一天，在人群之中，看到他旁边的一名男子腰部中弹，弗雷德里克就“冲向前，义愤填膺……”但这只是一时的冲动，并不转化为一种持久的态度。

只有其中最天真的一个，迪萨尔迪耶，因他的理想而被杀。但他在小说中的位置是次要的。在一出悲剧中，悲剧性的命运占据着前景。在福楼拜的小说中，只是在后景中，才可以隐约看到它一闪而过，如一道不知去向的微光。

仙女

奥尔华绥爵爷雇用了两个家庭教师，负责小汤姆·琼斯的教育：一个是斯块尔，一个现代的人，对自由思想，对科学、哲学，都能接受；另一个是牧师斯威康，一个保守者，对他来说，惟一的权威是宗教；这两人都是有学问的人，但同时都既愚蠢又坏心。他们完美地预示了后来的《包法利夫人》中一对可悲的搭档：药剂师郝麦，热衷于科学和进步，以及神甫布尔尼贤，一个笃信宗教的人。

菲尔丁尽管对愚蠢在生活中的作用十分敏感，但他只是将之视为一种例外，一种偶然，一种不可能深刻改变他的世界观的（可憎或可笑的）缺陷。在福楼拜那里，愚蠢是不同的；它不是例外、偶然、缺陷；它可以说不是一种量的现象，只是缺了几个智慧分子，只要通过教育就可治愈；它是无法治愈的；它到处存在，既存在于愚人的思想中，也存在于天才的思想中，它是“人性”不可分割的一部分。

让我们再回顾一下圣伯夫对福楼拜的指责：在《包法利夫人》中，“过于缺乏善”。怎么可能？那查理·包法利呢！他一心一意扑在妻子身上，扑在他的病人身上，没有任何自私，难道他不是一个英雄，一个善的殉道者？怎么可能忘记了他呢？他在爱玛去世之后，在得知了她的所有不忠之后，没有感到一丝愤怒，只有无尽的悲哀。怎么可能忘记他为伊玻立特——一个马厩里的伙计——一拐一拐的腿粗手粗脚进行的外科手术！所有的天使都在他的头顶飞翔盘旋，不管是慈善，还是慷慨，还是对进步的爱！所有人都为他祝贺，甚至爱玛，在善的魅力之下，激动得吻了他！几天之后，才发现手术完全是荒谬的，伊玻立特在经历了无法言表的痛苦之后，被锯掉一条腿。查理彻底垮了，悲惨地被所有人摈弃。作为一位几乎难以置信地善良然而又如此真实的人物，他显然比那位让圣伯夫动心不已的外省“积极行善”的女人更值得同情。

不，说在《包法利夫人》中“过于缺乏善”是不对的；症结在别处：是愚蠢在书中过多存在了；正因为它，查理对圣伯夫希望看到的“善良的场景”来说是没用的。但福楼拜并不想写什么“善良的场景”，而是意在深入到“事物的灵魂”中去。在事物的灵魂中，在所有事物的灵魂中，他到处看到愚蠢这位温柔的仙女在舞蹈。这位审慎的仙女跟善与恶，跟知识与无知，跟爱玛和查理，跟您和我都合得来。福楼拜将愚蠢这位仙女引入了存在的伟大之谜的舞会中。

深入到一个笑话的黑色深处

当福楼拜向屠格涅夫讲述《布瓦尔和佩库歇》的创作计划时，屠格涅夫强烈建议他从简、从短处理这一题材。这是来自一位年老大师的完美意见。因为这个故事只有在很短的叙述形式下，才能保持它的喜剧性效果；长度会使它单调而令人厌倦，甚至完全荒谬。但福楼拜坚持己见；他向屠格涅夫解释："假如我简短地、以简洁而轻盈的方式去处理（这一题材），那就会是一个或多或少具有些精神性的奇异故事，但没有意义，没有逼真性，而假如我赋予它许多细节，加以发挥，我就会给人造成一种感觉，看上去相信这个故事，就可以做成一件严肃、甚至可怕的东西。"

卡夫卡的《审判》是建立在非常类似的艺术挑战上的。第一章（卡夫卡向他的朋友们朗诵了这一章，朋友们都被逗乐了）可以理解为（而且完全是有道理的）一个简单的、好笑的小故事，一个笑话：一个叫K的人有一天早晨突然看到两个十分普通的人闯进了家中，没有任何理由，就宣告他被捕了，而且乘机吃掉了他的早餐，并在他的卧室里带着一种十分自然的傲慢为所欲为，以至于穿着睡衣的K，又不好意思，又笨拙，不知道干什么才好。假如卡夫卡没有在这个章节之后加上一些越来越黑色的章节，今天没有人会奇怪他的朋友们怎么会捧腹大笑。但是，卡夫卡并不想写（我再次借用福楼拜的话）“一个或多或少具有些精神性的奇异故事”，他想赋予这一可笑的处境一种更伟大的“意义”，“赋予它许多细节，加以发挥”，强调它的“逼真性”，以能够“看上去相信这个故事”，从而将它做成“一件严肃、甚至可怕的东西”。他想深入到一个笑话的黑色深处。

布瓦尔和佩库歇，两个退了休的人，决定学到所有知识。他们是一个笑话中的人物，但同时又是一种神秘中的人物。他们的知识不光比周围的人丰富得多，而且比将要读他们的故事的读者也丰富得多。他们不光知道事实，还知道跟事实有关的理论，甚至进行责疑这些理论的论证。他们有着一个鹦鹉的脑子，只是重复他们所学到的？即使这么说，也是不对的，他们经常能显示出一种令人惊叹的敏感，当他们觉得自己比遇到的人都高明，被别人的愚蠢激怒、拒绝原谅别人时，我们也觉得他们完全可以持这样的态度。然而，没有人怀疑他们的愚蠢。那他们为什么在我们眼中显得愚蠢？试试去定义他们的愚蠢！而且试试只是去定义愚蠢这东西！愚蠢究竟是什么？理智可以除去阴险地隐藏在美丽谎言之下的恶的面具。但是面对愚蠢，理智是无力的。它没有任何面具可以除去。愚蠢并不戴面具。它就在那里，无辜的，真诚的，赤裸的。而且是无法定义的。

我眼前又出现了雨果笔下的三个伟大人物：朗特纳克、西穆尔丹、戈万。这是三个正直的人物，任何个人利益都无法使得他们离开正确的路线，于是我自问：他们之所以能够有力量坚持自己的意见，没有一丝怀疑，没有一丝犹豫，难道不就是因为愚蠢吗？一种自豪的、高贵的，像从大理石里雕刻出的愚蠢？一种忠实地伴随他们三个的愚蠢，正如从前一位奥林匹斯山上的女神伴随她的英雄们，直至死亡？

是的，我就是这样想的。愚蠢丝毫也不降低一个悲剧人物的伟大性。它与“人性”不可分割，一直跟人在一起，到处在一起：不管是在卧室阴暗的光线中，还是在大写的历史灯火通明的舞台上。

施蒂弗特眼中的官僚主义

我问自己，究竟是谁第一个发现了官僚主义的存在意义。可能是阿达尔贝特·施蒂弗特。假如在我生命中的某一刻，中欧没有成为我关注的对象，天知道我是否会专注地读这位奥地利老作家的书，因为他的书冗长，带说教味，有道德含义，很贞洁，从第一印象来看，应当是与我完全陌生的。然而，他是十九世纪中欧的关键性作家，是那个时代和它被称为毕德麦耶尔的抒情、贞洁的精神开放出的纯粹花朵！施蒂弗特最重要的一部小说《晚来的夏日》(*Der Nachsommer*)写于一八五七年，篇幅很长，但故事非常简单：一个年轻人，亨利希，一次去山间远足，突然乌云密布，暴风雨就要来了。他到一处房子去躲避。房主是一个老贵族，叫里查赫，好客地接待了他，并与他产生了友谊。这座小城堡有个美丽的名字，叫"玫瑰屋"(Rosenhaus)。后来亨利希定期回到此地，每年都小住一到两次，到了第九年，他娶了里查赫的教女，到此小说就结束了。

这本书直到快结束时才显示出它深刻的意义。里查赫跟亨利希单独在一起，在两人面对面的长久交谈中，向他讲述了自己的故事。他的生活处于两种冲突之中，一种是私人的，一种是社会的。我注意到的是第二种冲突：里查赫原先是一位高级公务员。有一天，他发现行政工作是有悖于他的性格、他的趣味和爱好的，于是就离开了岗位，住到乡下，住到他的“玫瑰屋”中，以便跟大自然和村民和谐地生活，远离政治，远离大写的历史。

他与官僚主义的决裂并非他的政治或哲学信念的结果，而是出于他对自己的了解，知道自己不能做公务员。公务员是什么？里查赫向亨利希解释，这是据我所知对官僚主义的最早的（而且是绝妙的）“现象学”描写：

随着行政管辖越来越宽，机构越来越庞大，它就必须雇用越来越多的职员，而在他们当中，不可避免地，会有糟糕的，或者很糟糕的。所以就必然发明一种体系，完成必要的操作，使得公务员参差不齐的能力不能损害它们，或减弱它们。里查赫接着说：

"为了使我的思想更为清晰，我打个比方：一座理想的钟表必须这样制造，使得它一直能很好运转，即便换掉它的零件，将差的换成好的，好的换成差的。当然，这样的一座钟表是不可想象的。但是，行政就只能以这样一个形式而存在，否则，从它已经有过的演变过程来看，就会消失。"所以，人们要求的，不是一个公务员明白他的行政所负责的问题，而是他带着冷静，完成不同的操作，而不去理解，甚至不尝试去理解在周边办公室内发生的事情。

里查赫并不批评官僚主义，他只是解释为什么像他那样一个人，没有能够为之献出一生。妨碍他成为公务员的，是他无法为了一些处于他视野之外的目标而服从，而工作。而且也是出于"他对事物未来面目的尊重"(die Ehrfurcht vor den Dingen wie sie an sich sind)，这一尊重是那么深，以至于他在谈判中，无法做到捍卫他的上级所要求的，而是"事物为它们本身所要求的"。

因为里查赫是个喜欢具体的人；他渴望的生活，是在这种生活中，做的是他认为有用的工作；遇到的是他知道名字，知道职业，知道房子在哪里，知道孩子是谁的人；甚至时间也一直以它具体的方面而被感知、被享受：早晨、中午、阳光、雨、风暴、夜。

他与官僚主义的决裂是人与现代世界的最值得珍藏到记忆中的决裂。这一决裂既彻底又平和，适合这部毕德麦耶尔风格的奇特小说作品田园牧歌的氛围。

受到侵犯的城堡与村庄的世界

马克斯·韦伯是第一个认为“资本主义和普遍的现代社会”的特点首先是“官僚主义的理性化”的社会学家。他不认为社会主义革命（在他那个时代还只是一种规划）危险或有益，他只是认为它是无用的，因为没有能力去解决现代性的主要问题，也就是社会生活的“官僚主义化”（Bürokratisierung），在他看来，这种官僚主义化是无论如何会持续下去的，不管生产资料的所有制是什么。

韦伯关于官僚主义的思想阐释于一九〇五年和他去世的一九二〇年之间。我想指出，一个小说家，也就是阿达尔贝特·施蒂弗特，早于伟大的社会学家五十年意识到了官僚主义根本的重要性。但我禁止自己进入艺术与科学关于他们的发现孰先孰后的争论，因为两人指向的并非同一样东西。韦伯进行的是对官僚主义现象的社会、历史、政治的分析。施蒂弗特提出的则是另一个问题：生活在一个官僚主义化的社会中，这对一个人来讲具体意味着什么？人的生活是如何被它改变的？

在《晚来的夏日》之后六十年左右，另一位中欧人，卡夫卡，写了《城堡》。对施蒂弗特来说，城堡与村庄的世界代表着绿洲，老里查赫在为了避免当高级公务员的生涯逃到此地，终于可以幸福地与邻居、动物、树木，与“事物的本来面目”生活在一起。这个世界——施蒂弗特（与他的弟子们）的其他许多文字都描写了它——在中欧成为一种田园牧歌式理想生活的象征。而正是这个世界：一个城堡，外加一个平静的村庄，作为施蒂弗特读者的卡夫卡让一大堆办公室、一大批公务员和一堆堆公文侵占了！卡夫卡残酷地侵犯了反官僚主义的田园牧歌的神圣象征，向它强加了一种正好相反的意义：全面官僚主义化的全面胜利。

官僚主义化世界的存在意义

很久以来，里查赫之类的人跟他的公务员生活决裂的反叛已经不再可能。官僚主义已是无处不在，在任何地方也无法逃避它；在任何地方也都已经找不到一个“玫瑰屋”，可以跟“事物的本来面目”紧密接触。从施蒂弗特的世界，我们已经不可逆转地过渡到了卡夫卡的世界。

以前，当我的父母去度假时，他们在火车出站前十分钟到火车站买票；他们住在一个乡村旅店，到最后一天才用现金向老板结账。他们还生活在施蒂弗特的世界里。

我的假期则在另一个世界里度过：我提前两个月在一家旅行社排队买票；在那里，一个官僚负责接待我，向法航打电话，那里另外一些我永远都不会接触的官僚分配给我机舱里的一个座位，并在一份乘客名单上在一个号码下记录我的名字；我的房间也是提前预订，我给一名接待员打电话，他在电脑上记录我的要求，并告知他那小小的行政机构；在我出发的那一天，某个工会的官僚们，在跟法航的官僚们争吵之后，发起一场罢工。在我多次电话催问之后，在无人道歉的情况下（从来没有任何人向K道歉；行政超越于礼貌之上），法航补给我钱，于是我买下一张火车票；在我的度假过程中，我到处用一张银行卡付钱，我的每一次晚餐都被巴黎的银行记录，并因此被别的官僚掌握，比方说，被税收的官僚掌握，或者在我被怀疑犯了罪时，被警方掌握。为了我短短的假期，一大帮官僚都动了起来，而我本人，我也变成了我自己生活的官僚（填写问卷，寄出要求退款的信，将资料整理到自己的档案中）。

我父母的生活与我的生活的区别令人瞠目结舌。官僚主义渗透到了生活的所有纤维中。“K还从未在别处见到过行政与生活如此丝丝入扣地交织在一起，以至于有时候人们会觉得行政和生活各自占据了对方的位置。”（《城堡》）一下子，生活中所有的概念都改变了意义：

自由的概念。没有一个机构禁止土地测量员K去做他想做的事，但是，有着他所有的自由，他又能真正做些什么？一个公民，有着他所有的权利，对他身边最近的环境，对他家下面建的停车场，对他的窗户对面安放的高音喇叭，又能有什么改变？他的自由既是无限的，又是无力的。

私生活的概念。没有任何人有阻碍K跟弗莉达做爱的意图，即便她是有绝对权力的克拉姆的情妇；然而，他到处都被城堡的眼睛盯着，他的性交被很好地观察、记录下来；两位派给他的助手跟他在一起就是为了这个。当K抱怨他们不合时宜时，弗莉达抗议了："亲爱的，你对这些助手有什么看不惯的？我们对他们没有任何需要隐藏的。"没有人会质疑我们私生活的权利，但私生活已不像以前，没有任何秘密保护它。不管在哪里，我们的痕迹都会留在电脑中。弗莉达说："我们对他们没有任何需要隐藏的。"我们甚至已不再要求秘密。私生活不再要求私密性。

时间的概念。当一个人与另一个人相对立时，是两种相同的时间在对立，即两个会死亡的生命的有限的时间。而今天，我们不再是人与人之间相对立，而是与行政相对立，而行政的存在没有青年时期，没有老年时期，没有疲劳，没有死亡，是在人类时间之外进行的。人与行政经历的是两种不同的时间。我在一张报纸上读到一位法国小企业家的平凡故事。他破产了，因为他的债务人没有还清债务。他觉得自己是无辜的，想到法律部门去捍卫自己的权益，但很快他就放弃了：他的情况不可能在四年之内解决；诉讼程序很长，而他的生命苦短，这让我想起了卡夫卡《审判》中的商人布洛克：他的诉讼程序已经拖了五年半而没有任何判决；在此期间，他不得不放弃了自己的生意，因为“当人想为自己的诉讼做些什么时，就什么事也顾不过来了”(《审判》)。压扁了土地测量者K的，不是残酷，而是城堡内非人性的时间：人要求出庭，城堡却一直拖；诉讼持续着，生命结束了。

接下来，是冒险。以前，这个词表达了对作为一种自由的生命的颂扬；个体的一个勇敢的决定引发出一系列令人惊叹的行为，这些行为都是自由而坚定的。但这一冒险的概念并不符合K所经历的。他来到了村庄，那是因为城堡里两个办公室在有了一系列误会之后，错误地向他发出了一封召他来的信。引发他的冒险的，不是他的意志，而是一个行政错误，而他的冒险跟堂吉诃德或拉斯蒂涅的冒险从本体上来讲不可同日而语。由于官僚机器的无比庞大，错误从统计学上来讲是不可避免的；电脑的使用使得错误更加难以发觉，更加不可补救。在我们的生活中，一切都是计量好的，决定好的，惟一可能的意想不到就是来自行政机器的一个错误，其后果还是不可预见的。官僚主义的错误成了我们时代惟一的诗性（黑色诗性）。

跟冒险的概念一起的，还有斗争的概念。K在提到他跟城堡的争吵时，经常说这个词。可他的斗争是什么内容呢？跟一些官僚的几次徒劳无益的会面，以及长长的等待。没有身体对身体肉搏式的斗争；我们的敌人没有身体：保险，社会保险，商会，法庭，税务，警察，省府，市府。我们在斗争时，几小时几小时地呆在办公室里，呆在候见厅内，花在档案上。在斗争的最后，等待我们的又是什么？胜利吗？有时会的。但胜利又意味着什么呢？据马克斯·布洛德的说法，卡夫卡为《城堡》想象了这样一个结局：在经历了所有的折腾之后，K死于精疲力竭；当他垂死躺在床上时（我引用布洛德的话）："从城堡寄来了决定，宣告他其实并没有在村庄里的居住权，但为了一些额外情况着想，可以允许他在村庄里生活和工作。"

隐藏在帷幕后的年龄

我眼前闪过一部部我能记得的小说，试图去明确小说中人物的年龄。很有意思，他们都比我记忆中的年轻。这是因为他们对他们的作者来讲，更代表着一种人类普遍的处境，而非一个年龄段的特殊处境。法布利斯·台尔·唐戈在他的冒险之后，在他明白了他再也不愿生活在周边的世界之后，去了修道院。我一直都非常喜欢这个结局。只是法布利斯还很年轻。像他那样年龄的一个男人，哪怕他多么痛苦、绝望，又能忍受在修道院里生活多久？司汤达回避了这个问题，让法布利斯只在修道院里生活一年之后就死掉了。梅什金二十六岁，罗戈任二十七岁，纳斯塔西娅·费利帕夫娜二十五岁，阿格拉娅只有二十岁，正是她，最年轻的一位，到最后以她那些疯狂的行为，毁掉了所有人的生活。然而，这些人物的不成熟本身并没有被小说家审视。陀思妥耶夫斯基向我们讲述的，是人的悲惨故事，而非年轻人的悲惨故事。

西奥朗出生于罗马尼亚，一九三七年，在他二十六岁时，定居巴黎。十年之后，他出版了用法语写作的第一部书，并成为他那个时代伟大的法国作家之一。在九十年代，以前对刚刚兴起的纳粹主义曾经那么宽容的欧洲，带着一种勇敢的斗志，开始冲向纳粹主义的阴影。与过去进行大清算的时候到了，于是，年轻的西奥朗在他生活在罗马尼亚时所持的法西斯观点突然浮出水面，成为时事。一九九五年，八十四岁高龄的他去世了。我打开巴黎一份重要的报纸，整整两页，一系列的悼念文章。关于他的作品只字未提；他在罗马尼亚的青年时代则让那些为他致悼词的人们恶心、着迷、愤怒，或为他们带来灵感。他们将一件罗马尼亚的民族服装穿在了这位伟大的法国作家的尸体上，并逼着他在棺材里将手臂举起，做出法西斯敬礼的姿势。

不久之后，我读到了西奥朗在一九四九年写的文章，他当时三十八岁："…… 我甚至不能想象我的过去；当我现在想起我的过去，我觉得是想起了*另一个人*的日子。而我否定的，就是这另一个人，‘我自己’的全部都在别处，离他曾经是十万八千里。”后面他又写道：“当我想到（……）我当时所有的胡说八道（……），我感到是在俯身看着一位陌生人的固执之见，而且，当我得知这一陌生人就是我时，我感到惊讶万分。”

在这篇文章中让我感兴趣的，是这位在当时的他和以前的他之间没有找到任何联系的人的惊讶，他在他的身份之谜面前感到惊诧。可您会说，这种惊讶是真诚的吗？当然是的！所有人都经历过这种惊讶在平常时候的体现：您以前怎么会对这一哲学（宗教、艺术、政治）潮流那么重视？或者（更普通些），您怎么可能曾经爱上过一个如此幼稚的女人（如此愚蠢的男人）？然而，虽然对大多数人来讲，青年时代过得很快，它的那些过失也烟消云散，了无踪迹，西奥朗的青年时代则凝固了下来；人们无法带着同样的谅解的微笑来嘲笑一个可笑的情人和法西斯主义。

惊讶万分的西奥朗看着他过去的岁月，愤怒了（我继续引用他写于一九四九年的同一篇文章）：“灾祸是青年人所长。是青年人在鼓吹不宽容的教理，并将它们付诸行动；是他们需要鲜血、呐喊、骚动和野蛮。在我年轻的时代，整个欧洲都相信青年人，整个欧洲都将青年人推向政治，推向国家大事。”

在我身边，我见到多少个法布利斯·台尔·唐戈、阿格拉娅、纳斯塔西娅、梅什金！他们都处于未知之旅的开端；毫无疑问，他们在迷失；但这是一种特殊的迷失：他们在迷失却不知自己是迷失者；因为他们经验之缺乏是双重的：他们既不了解世界，又不了解自身；只有当他们隔着成年的距离回头来看时，他们的迷失才会作为迷失而呈现出来；而且惟有隔着这一距离，他们才能理解迷失概念。现在，由于根本不知道未来的目光有一天将会投射到他们过去的青春韶光上，他们带着比一个曾体验过人类信念的脆弱的成年男人咄咄逼人得多的侵犯性来捍卫自己的信念。

西奥朗对青年时代的愤怒揭示了一个再明白不过的道理：在从诞生到死亡划出的线上树立起的每个不同的观察站看去，世界都是不同的，而且在那里驻足的人的态度是会变的；假如不首先了解一个人的年龄，就无法理解他。事实上，这是多么的明显，啊，多么的明显！但是，惟有那些意识形态的伪明显道理才会被人一下子看清。一种存在的明显道理，它越是明显，就越不会被人看到。生命的年龄段被隐藏在了帷幕之后。

早上的自由，晚上的自由

在毕加索画第一幅立体派画作时，他二十六岁：在全世界，许多与他同一代的画家与他会合，追随了他。假如当时有一位六十多岁的人也忙不迭地搞什么立体主义，来模仿他，就会被视为（而且确实应当）可笑的。因为一个年轻人的自由跟一个老年人的自由是两块并不相遇的陆地。

歌德（年老的歌德）在一首短诗中这样写道：“年轻时，有人伴你你就强，年老时，越是孤独你越强。”确实，当年轻人开始攻击被众人接受的思想与现成的形式时，他们喜欢结帮成伙；当德兰与马蒂斯二十世纪初在科利乌尔海滩上好几个星期一起作画时，他们的画十分相似，带有同一种野兽派的美学；然而，他们没有一个人觉得是在抄袭对方——确实，谁也没有抄袭谁。

在一派欢快的团结氛围中，超现实主义者在一九二四年一起以一份极其愚蠢的悼念辩论册子庆祝阿纳托尔·法朗士的去世：

“跟你一样的人，尸体啊，我们不喜欢他们！”当时二十九岁的艾吕雅如是说。当时二十八岁的布勒东则这样写道：“随着阿纳托尔·法朗士的消失，可以说是人类的奴役消失了。这一天，人们埋葬了狡猾、传统主义、帝国主义、投机主义、怀疑主义、现实主义和毫无心肝，希望这一天成为节日！”“刚刚死掉的这一位（……）轮到他化为烟尘！作为一个人，他留下的已没有什么，但一想到，无论如何他曾经存在过，就让人愤慨，”阿拉贡如是说，当时他二十七岁。

西奥朗关于青年人以及他们对“鲜血、呐喊、骚动……”的需求的话又回到了我脑海中；但我马上要加上一句，这些朝一个伟大的小说家的尸体上撒尿的年轻诗人并不因此而失之为真正的诗人，了不起的诗人；他们的天才与他们的愚蠢是从同一源泉中迸发出来的。面对过去，他们带有强烈的（抒情的）侵犯性，带着同样强烈的（抒情的）忠诚，他们面对未来，他们自认为是受了未来的重托，集体撒出快乐的尿，为之祝福。

接下来，时间到了，毕加索也老了。他孑然一身，被他的追随者们抛弃，也被绘画的历史抛弃，绘画在此期间走上了另一个方向。毫无遗憾地，带着一种享乐主义的快乐（他的绘画从未洋溢着如此好的情绪），他住到自己的艺术之家中，深知，新东西不一定只在前方，在大路上，而也可以是在左边，在右边，在上方，在下方，在后边，在他那仅仅属于他的无人能够模仿的世界的任何一个方向（因为没有人会模仿他：年轻人模仿年轻人，老年人不模仿老年人）。

对一个具有创新力的年轻艺术家来讲，吸引观众并让观众喜爱是不容易的。但当后来，在他黄昏的自由的灵感启发下，他又一次改变自己的风格，放弃已经在人们面前形成的形象时，公众就开始犹豫是否继续追随他了。与意大利电影（这一伟大的电影今天已不复存在）的一群年轻人联系紧密的费里尼在很长时间内都受到人们一致的欣赏。《我记得》（一九七三）是他最后一部以其抒情之美而赢得公众一致好评的电影。随后，他的奇思异想更肆无忌惮地发挥出来，他的目光也变得更加敏锐；他的电影诗学变成反抒情的，他的现代主义成为反现代的；他在最后十五年中拍摄的七部电影是关于我们生活的世界的毫不留情的肖像：《卡萨诺瓦》(对一种自我展示的性欲的表现，这种性欲达到了可笑的极致);《乐队排演》;《女人城》;《船行》(向欧洲的永诀，船在歌剧的乐曲声中驶向虚无);《金格和弗莱德》;《访谈录》(对电影、现代艺术，乃至艺术的伟大道别);《月亮之声》(最终的永诀)。在这些年中，被他十分苛求的美学以及他对同时代世界的消沉的目光激怒，那些沙龙、媒体、公众(甚至还有制片商)都远离了他；对谁也不欠什么的他，享受着在此之前从未有过的、自由的、"快乐的无责任性"(我引用他本人的话)。

在最后十年中，贝多芬对维也纳，对那里的贵族，以及那些尊重他却不再听他音乐的音乐家们，已经一无所求；而且他本人也不听他们的音乐，哪怕仅仅是因为他聋了；他已达到他艺术的巅峰；他的奏鸣曲和四重奏与其他任何作曲家的都不同；由于它们结构上的复杂性，它们都远离古典主义，同时又不因此而接近于年轻的浪漫主义作曲家们说来就来的泉涌才思；在音乐的演变中，他走上了一条没有人追随的路；没有弟子，没有从者，他那暮年自由的作品是一个奇迹，一座孤岛。

第七部分

小说，记忆，遗忘

阿梅莉

即使有一天人们不再读福楼拜的小说了，一句“包法利夫人就是我”是不会被人遗忘的。这句著名的话，福楼拜本人从未写下来过。我们之所以知道它，是因为一个叫阿梅莉·博斯凯的女子。她是一位平庸的小说家，在两篇愚蠢透顶的文章中通过恶意批评《情感教育》以表示对她朋友福楼拜的情谊。阿梅莉向一个我们至今不知其名的人传达了一个非常珍贵的信息：有一天，她问福楼拜，哪一位女性是爱玛·包法利的原型，他就这样回答：“包法利夫人就是我！”听后深受震动的陌生人将这一信息又转告给了某个叫德谢尔姆先生的人，他也非常受震动，就将它传了开来。由这一句伪版本的话而引起的堆积如山的评论充分说明了文学理论的无聊：它在一部文学作品之前无能为力，就针对作者的心理，无限地重复着俗套。它对被我们称为记忆的东西来说，也颇为意味深长。

抹去的遗忘，转化的记忆

我记起在中学会考二十年之后中学同班同学的聚会。J快乐地对我说:“我记得你当时总是对我们的数学老师说：他妈的，教师先生！”其实，捷克语中“他妈的”一词的发音一直让我厌恶，我绝对相信自己从来没有说过这句话。但我们身边的所有人都放声大笑，假装都记起了我那句响亮的话。我很明白，辩解、辟谣是无法说服任何人的，我只能谦虚地笑笑，也不抗议，因为，很惭愧，看到自己变成了一个向该诅咒的教师脸上吐脏话的英雄，我自我感觉不错。

所有人都经历过这样的故事。当某人引用您在某次交谈中说过的话时，您总是无法承认；在最好的情况下，您讲过的话也被粗暴地简化了，有时走了调（假如人们把您的讥讽当回事的话），更多的情况是，它们往往根本与您所想的或说的毫不相符。您不能因此感到惊讶或生气，因为这再也明显不过了：人被与过去分开（即使只是几秒钟前的过去），是由于两种马上就开始工作并通力合作的力量：遗忘的力量（它在抹去）和记忆的力量（它在转化）。

这再也明显不过了，但这很难让人接受，因为如果顺着这一思路想到底，所有那些历史著作所依存的证据会变成什么样子呢？我们关于过去的确信又会变成什么？大写的历史本身又会变成什么样子，我们难道不是每天都在确信不疑地、天真地、自发地参照它？在不可置疑性（没有任何疑问，拿破仑兵败滑铁卢）那一道薄薄的边界的后面，有一个无限的空间在扩展，那是一个近似的、杜撰的、变形的、简化的、夸张的、被误解的空间，非真理跟老鼠一样，在那里交配、繁殖，变得不朽。

作为一个不知遗忘为何物的世界的乌托邦的小说

遗忘在永恒地活动，它赋予我们每一个行动一种幽灵般、非真实、蒸气般的特点。前天中午我们吃的是什么？我的朋友昨天跟我说了些什么？甚至三秒钟之前我在想什么？这一切都被遗忘了，而且（这一点更为糟糕）它们本来就不配享有别的命运。相对于我们从本质上来讲是转瞬即逝、只配被遗忘的真实世界，艺术作品矗立在那里，就像是另一个世界，一个理想的、坚实的世界，其中每一个细节都有着它的重要性，它的意义，其中所有的一切，每个词，每个句子，值得不被遗忘，而且就是为此而构思出来的。

然后，对艺术的感知也逃避不了遗忘的力量。当然，更确切地说，面对遗忘，每一种艺术都处于不同的状态中。从这一角度来看，诗歌处于优越的特权地位。一个读波德莱尔的十四行诗的人不能跳过其中任何一个词。如果他喜欢，他会读上好几遍，甚至可能高声朗诵。如果他喜欢得发疯，还会牢记在心。抒情诗是记忆的堡垒。

相反，面对遗忘，小说是一座极不坚固的城堡。假如我算每读二十页花一个小时，一部四百页的小说将花去我二十个小时，所以，可以说是一个星期，因为很少可以有一个星期全部是空闲的。更可能的是，在阅读的中间，会出现长达好几天的间断，遗忘很快就会在那里铺开它的工地。但遗忘并非仅仅在间断的时间内工作，它还会以一种延续的方式参与阅读，丝毫也不松懈。在翻页的时候，我就已经忘了我刚刚读的。我只记得某种概括性的东西，对理解接下来发生的事情不可或缺的东西，而所有的细节，那些细小的观察、美妙的说法都已经被抹去了。在多年之后，有一天，我会产生将这部小说讲给我朋友听的愿望；于是我们就会发现，我们的记忆从阅读中仅仅记住了一些片断，它为我们每人构建起了两本完全不同的书。

然而，小说家在写小说时就像是在写一首十四行诗。您瞧他！他因眼前出现的结构而兴奋：任何一个小的细节对他来说都是重要的。他将它转化为主题，像在一首赋格曲中一样，让它出现无数次重复、变奏、影射。所以他坚信小说的后半部分会更美，比前半部分更有力；因为人们越在城堡的各个大厅中前行，已经说出的句子的回音，已经呈现的主题的回音就会变得越来越多，等到汇聚成了和弦，将在各个方向回响。

我想到《情感教育》的最后几页：在早已中断了跟历史的调情之后，在最后一次见了阿尔努夫人之后，弗雷德里克又一次见到了年轻时的朋友戴洛里耶。他们一起忧郁地讲起他们头一次逛妓院的经历：弗雷德里克当时十五岁，戴洛里耶十八岁；他们是像恋人一样进去的，每人手中拿着一大束花；姑娘们都大笑起来，弗雷德里克出于腼腆惊慌失措，逃了出来，戴洛里耶紧随其后。这个回忆很美，因为让他们又想起了他们以前的友谊，后来他们多次背叛了这一友谊，但是，隔着三十年的距离，还是剩下了一种价值，可能是最为珍贵的，即使它不再属于他们。弗雷德里克说："我们曾经有过的最美好的就在那次"，戴洛里耶也重复着同一句话。通过这句话，他们的情感教育结束了，小说也结束了。

这个结尾并没有找到许多知音。人们认为它粗俗。粗俗？真的吗？我可以想象另一种指责，更具说服力：用一个新的主题来结束一部小说，这从结构上来看是一种错误；就像在一首交响乐最后的节拍中，作曲家不去回到主要的主题，却突然滑向了一个新的旋律。

是的，这另一种指责更具说服力。只不过，逛妓院的主题并非是新的主题。它并非“突然”出现的。它在小说的开始，第一部分第二章的最后就已经展现出来了：非常年轻的弗雷德里克和戴洛里耶一起度过了愉快的一天（整整这一章都是讲述他们两人的友谊），两人在分开的时候，看着“（塞纳河的）左岸，从一座低矮房子的小天窗中闪着一道光”。在这一刻，戴洛里耶戏剧化地取下了他的帽子，夸张地说了几句谜一般的话。“这一向两人共同的冒险经历的暗示让他们非常快乐。他们在大街上放声大笑。”然而，福楼拜对这一“共同的冒险经历”究竟是什么却只字未提；他一直等到小说结束时才来讲述，让这阵欢快的笑声的回声（“在大街上放声大笑”）跟最后几句话的忧郁结合在一起，成为同一个细腻的和弦。

可是，虽然在整部小说的写作过程中，福楼拜本人一直都听得到这对朋友之间默契的笑声，但是他的读者马上就忘记了。等到他读到最后时，提到两人逛妓院对他来说唤不起任何回忆；他听不到什么和弦细腻的音乐。

面对这一具有毁坏性的遗忘，小说家应当做些什么？他将不去管它，把他的小说像一座不可遗忘、不可摧毁的城堡一样来构建，尽管他知道，他的读者只会消闲地、快速地、健忘地浏览它，永远也不会居住进去。

结 构

《安娜·卡列宁娜》由两条叙述线组成：一条是安娜的线（通奸与自杀的故事），一条是列文的线（一对或多或少有些幸福的夫妇的生活）。在第七部分的结尾，安娜自杀了。接下来最后一部分，第八部分，只讲述列文的线。这是对陈规的明显侵犯。因为，对于任何读者来讲，女主人公的死是一部小说惟一可能的结尾。然而，在第八部分，女主人公已经不在舞台上了；她的故事只留下了一缕幽幽的回声，记忆在远去的轻轻的脚步声；而这很美，很真实。只有弗龙斯基非常绝望，去了塞尔维亚，希望在与土耳其人的战争中死去。而他的行为的伟大也被相对化了：第八部分几乎完全在列文的农场展开。列文在谈话中，嘲笑那些为塞尔维亚人打仗的志愿者们的泛斯拉夫主义歇斯底里的发作；而且，列文关注得更多的，不是这场战争，而是对人与神的思考；这些思考在他作为农场主的行动中，以片断的形式，冒出来，与他日常生活非诗性的一面混杂在一起，而这日常生活就像是在一场爱情戏剧之上最终的遗忘，又开始合拢，恢复原状。

托尔斯泰将安娜的故事放置到了世界的广袤空间。在这一世界，她最终融入被遗忘左右着的浩瀚时间之中。托尔斯泰这样做是遵从了小说艺术的根本性倾向。因为从亘古以来就存在着的叙述，正是在这样一个时刻才变成了小说：作者不再满足于一个“故事”(story)，而是朝在四周扩展着的世界敞开了各扇窗户。因此，在一个简单的“故事”之上，又加上了其他的“故事”、插叙、描写、观察、思考。作者也开始面对一种十分复杂、异质的材料，面对这种材料，他就像一个建筑师一样，必须打上一种形式的印记。因此，对于小说的艺术来说，自它存在之始起，结构就获得了一种首要的重要性。

结构的这一突出的重要性是小说艺术的基因符号之一。它使小说有别于其他文学艺术，不管是戏剧(戏剧在结构上的自由受到一场演出的时间的严格限制，而且必须不断地抓住观众的注意力)还是诗歌。说到这一点，波德莱尔，无人能及的波德莱尔，居然能跟无数在他之前和之后的诗人运用同一种亚历山大体、同一种十四行诗的形式，难道这不令人感到几乎是不可思议的？但这就是诗人的艺术：他的独创性通过想象的力量表现出来，而非通过整体的结构；相反，一部小说的美与它的结构是不可分的。我说美，因为结构并非一种简单的技巧，它本身就包含着一位作者的风格独创性（陀思妥耶夫斯基的所有小说都建立在同一种结构的原则上）；同时它又是每部特殊的小说的身份标记（在共同的结构原则之内，陀思妥耶夫斯基的每一部小说又有着它不可模仿的结构）。在二十世纪的伟大小说之中，结构的重要性可能更为明显：《尤利西斯》中不同风格的纷呈；在《费尔迪杜尔克》中，“流浪汉”故事被分成了三个部分，中间出现两个跟小说情节没有任何关联的可笑插曲；《梦游者》的第三部在同一整体中放入了五种不同的“体裁”（小说，短篇，报道，诗歌，杂文）；福克纳的《野棕榈》由两个完全独立的、一直没有相遇的故事组成，等等，等等。

当有一天，小说的历史终结时，在它之后继续留存着的伟大小说会遭遇什么样的命运？其中的有一些是不可复述的，因此也就是不可改编的（如《庞大固埃》，如《项狄传》，如《宿命论者雅克》，如《尤利西斯》）。它们将按原样继续留存下去，或者消失。其他的一些，亏了它们所包含着的“故事”，好像是可以复述的（如《安娜·卡列宁娜》，如《白痴》，如《审判》），因此就是可以改编的，改编成电影、电视剧、戏剧或连环画。但这样的一种“不朽”是一种纯粹的虚幻！因为要想把一部小说弄成一出戏或一部电影，首先就必须分解它的结构；将它简化为它的简单“故事”；放弃它的形式。但如果将一件艺术品的形式去掉了，它还能留下什么？人们以为可以通过改编而延长一部伟大的小说的生命，其实，人们只是建起了一座陵墓，只有一小段大理石上的铭文，才让人想起那个并不在陵墓内的人的名字。

一次被遗忘的诞生

今天，有谁还能记起一九六八年八月俄国军队入侵捷克斯洛伐克？在我的生活中，这就像是一场火灾。然而，假如我撰写这一时期的回忆录，结果会非常贫乏，肯定会充满谬误和并非故意的谎言。但是在据实记忆之外，还存在着另外一种记忆：我那小小的国家在我看来被剥夺了它最后的一点独立性，永远被一个巨大的异域世界吞没了。我当时以为在经历着它刚刚开始的垂死过程。当然，我对处境的估量是错误的，但尽管我犯了错误（或者说多亏了它），一个重要的经验刻在了我的存在记忆之中：我从此之后知道了任何一个法国人、任何一个美国人都无法知道的；我知道了对一个人来说，什么叫经历自己民族的灭亡。

着迷于民族灭亡的意象，我想到了它的诞生，更确切地说，想到了它的第二次诞生，也就是它在十七、十八世纪之后的重生。在那两个世纪中，捷克语（以前曾是扬·胡斯和夸美纽斯的伟大语言）从书籍、学校、行政中消失，在德语旁边勉强度日，就像是仆人用的俗语。我想到了那些十九世纪的捷克作家和艺术家，他们在一个短暂得神奇的时期内，唤醒了一个昏昏欲睡的民族。我想到贝德日赫·斯梅塔纳，他甚至不知道如何用正确的捷克语写作，一直在用德语写日记，却成了民族中最具象征意义的人物。这是一个独一无二的处境：捷克人都是双语的，当时有选择的机会：生还是不生；活着还是死去。他们中的一个，胡贝特·戈登·绍尔，勇敢地、直截了当地道出了这一选择的本质："假如将我们的精神能量跟一种远远高于正在诞生的捷克文化的伟大民族的文化结合在一起，我们不是更能对人类有用吗？"然而，到最后，相对于德国人的成熟文化，他们还是选择了一种"正在诞生的"文化。

我试图去理解他们这里面有多少爱国主义诱惑的魔力？这是在未知中旅行的魅力？还是对一个伟大的、一去不复返的过去的怀念？还是同情弱者的高尚情操？还是因从属于一群热烈地创造一个从无到有的全新世界的朋友圈子而带来的愉悦？不光是创造出一首诗、一部戏剧、一个政党，而是整个民族，即便是用它那已消失一半的语言？虽然我与这个时代只隔了三四代，我还是非常惊讶地发现，我已无力将自己放到祖先们的位置上去揣摩，在想象中重现他们曾经经历过的具体处境。

大街上，俄国士兵们走来走去，我一想到有一股巨大的力量将阻碍我们成为我们所是的那个样子，就感到害怕。同时，我又惊愕地看到，我并不知道我们是怎样，又是为了什么，而成了我们所是的那个样子；我甚至不能确定，在一个世纪之前，我是否会选择做一个捷克人。我所缺乏的，并非有关历史事件的知识。我所需要的是另一种知识，也就是一种如福楼拜所说，能够深入一种历史处境的“灵魂”的知识，一种能抓住这一历史处境的人性内容的知识。也许一部小说，一部伟大的小说，会让我明白，当时的捷克人是如何经历他们的决定的。然而，这样一部小说并没有被创作出来。在有些情况下，一部伟大小说的缺乏是无可补救的。

无法忘却的遗忘

在彻底离开我那被绑架的小小国家几个月之后，我来到了马提尼克岛。可能是想在一段时间内，忘却我作为移民的境遇。但这做不到：由于我当时对小国的命运十分敏感，在那里一切都让我想起我的波希米亚来；尤其因为我与马提尼克的相遇，正好发生在它的文化正在狂热地追求它自身的特性的时候。

我当时对这座岛有多少认识？什么也没有。只知道埃梅·塞泽尔的名字，因为我在十七岁的时候，战争刚刚结束的时候，在一本捷克的前卫杂志上读过他被译成捷克文的诗。马提尼克岛，对我来说，是埃梅·塞泽尔的岛。事实上，当我踏上这座岛时，它就是这样向我呈现的。塞泽尔当时是法兰西堡的市长。每天我都在市府周围看到人群在等待，等着跟他说话，谈知心事，让他帮忙出主意。我肯定再也看不到民众与代表他们的人之间那样一种私密、直接的接触了。

诗人成为一种文化、一个民族的奠基者，这一点，我在我的中欧已经见过不少。比如波兰的亚当·密茨凯维奇、匈牙利的山多尔·裴多菲，波希米亚的卡雷尔·希内克·马哈。但马哈是一个被诅咒的诗人，密茨凯维奇是一个移民，裴多菲则是一八四九年在一场战役中死去的年轻的革命家。他们都未能经历塞泽尔所经历的：民众公开向他表示爱戴。而且，塞泽尔不是一个十九世纪的浪漫主义者，他是一个现代的诗人，兰波的继承人，超现实主义者的朋友。假如说中欧小国的文学是扎根于浪漫主义文化之中的，那么，马提尼克岛的文学（及至整个安的列斯地区的文学）是诞生于现代艺术的美学之中的！（这一点让我觉得非常美妙！）

是年轻的塞泽尔的一首诗引发了一切：《回祖国手记》（一九三九）。一个黑奴回到了安的列斯的一座黑奴的岛上。这首诗不带任何浪漫主义色彩，也不带任何理想化色彩（塞泽尔不用黑人这个词，而特意说“黑奴”）。诗人突如其来地自问：我们是谁？我的上帝啊，确实，他们是谁，那些安的列斯群岛的黑人们？他们在十七世纪就从非洲被押到那里；但确切是从哪个地方呢？他们曾经属于哪个部落？他们的语言曾经是什么？过去被遗忘了。被砍断了头。被在船的底舱与尸体、呼喊、哭泣、血、自杀、谋杀一起进行的长长的旅途砍断了头；在这一次地狱之旅后，什么也没有留下；只有遗忘：根本的、基本的遗忘。

令人无法忘却的遗忘的震撼，将奴隶之岛转化成了梦想的舞台。因为马提尼克人只有通过梦想，才能想象他们自身的存在，创造他们存在的记忆。令人无法忘却的遗忘的震撼将民间讲故事的人提升到了表现身份的诗人的地位（正是为了向他们致敬，帕特里克·夏姆瓦佐创作了《大人物索里波》），到后来，又将他们崇高的口头遗产中的奇思异想与疯狂传给了小说家。这些小说家，我当时很喜欢。他们与我是那么奇妙地相近（不光有马提尼克人，还有海地人，勒内·德佩斯特，他跟我一样是移民；雅克·斯蒂芬·亚历克西，一九六一年被处决，正如在此之前二十年，在布拉格，我最早的文学之爱伏拉迪斯拉夫·万楚拉被处决一样）。他们的小说都非常具有独创性（梦境、魔幻、奇思异想在那里起着与众不同的作用），而且极具重要性，不光对他们所在的岛，而且对于小说的现代艺术，对于世界文学（我要强调的是，这是一个非常罕见的现象）。

一个被遗忘的欧洲

那么我们呢？在欧洲，我们是什么？

我想起弗里德里希·施莱格尔在十八世纪最后几年内写的那句话:“法国大革命、歌德的《威廉·迈斯特》和费希特的《全部知识学的基础》是我们这个时代最伟大的潮流(die grössten Tendenzen des Zeitalters)。”将一部小说和一部哲学书放在与一件政治大事同等的位置上，那时的欧洲就是这样的。那是与笛卡儿和塞万提斯一起诞生的欧洲：现代的欧洲。

很难想象，在三十年前，有人这样写(比如说)：非殖民化、海德格尔对技术的批评以及费里尼的电影，代表了我们这个时代最伟大的潮流。这种思维方式已不再能够回应时代精神。

而今天呢？有谁敢将同样的重要性赋予一部文化作品(艺术作品、思想作品)和(比如说)共产主义在欧洲的消失？

一部具有这样重要性的作品不再存在了吗？

还是我们已经失去了认出这样的作品的能力?

这样的问题没有意义。现代的欧洲已经不复存在。我们生活于其中的欧洲不再在哲学和艺术的镜子中寻找它的身份。

但是,镜子又在哪里呢?到哪里去寻找我们的面孔?

作为穿越多个世纪和陆地之旅的小说

阿莱霍·卡彭铁尔的小说《竖琴与阴影》(一九七九)由三个部分组成。第一部分发生在智利的十九世纪初，后来的教皇庇护九世在那里生活了一段时间；他坚信对新大陆的发现是现代基督教最光荣的事件，于是就决定致力于将克里斯托弗·哥伦布封为圣人。第二部分将我们拉回到三个多世纪之前：克里斯托弗·哥伦布本人讲述了他发现美洲的令人难以置信的冒险经历。在第三部分，克里斯托弗·哥伦布在去世四个多世纪之后，隐身参加了一次教会法庭的开庭。在经过了一场既渊博又奇异的讨论之后(我们当时已经到了后卡夫卡时代，非逼真的边界已经不再受到监视)，法庭拒绝封他为圣人。

如此将不同的历史时代放置到同一小说结构中，这是在二十世纪小说的艺术面前打开的新的可能性之一，在以前是不可想象的，因为小说越过了它对个体心理的迷恋，开始关注广泛意义、普遍意义、超个体意义上的存在问题。我又一次参照赫尔曼·布洛赫的《梦游者》，他为了表现被“价值贬值”的激流冲走的欧洲存在，聚焦在三个不同的历史时代上，就像三级台阶，通过它们，欧洲走向它的文化与它的存在理由的最终崩溃。

布洛赫为小说的形式开辟了一条新路。卡彭铁尔的作品是否在同一条道路上？当然是的。没有一个伟大的小说家可以走出小说的历史。但在相似的形式后面，隐藏着不同的意图。通过不同历史时代的对比，卡彭铁尔不再试图解开一种伟大的垂死状态的神秘；他不是一个欧洲人；在他的时钟（安的列斯的时钟以及整个拉丁美洲的时钟）上，时针总是远离午夜；他不会自问：“我们为什么必须消失？”而是问：“我们为什么必须生下来？”

我们为什么必须生下来？我们又是谁？我们的土地又是什么？如果我们仅仅用一种纯粹内省的记忆去探索身份的秘密，我们将只能明白很少的事情。布洛赫说过，要理解，就必须比较；必须让身份去经受对比的考验；必须（像卡彭铁尔在《启蒙世纪》［一九五八］中所做的那样）将法国大革命与它在安的列斯群岛的翻版对比（将巴黎的断头台与瓜德罗普岛的断头台对比）；必须让一个十八世纪的墨西哥移民（像在卡彭铁尔的《巴洛克音乐会》［一九七四］中一样）在意大利跟亨德尔、维瓦尔第、斯卡拉蒂友善相处（甚至与斯特拉文斯基和阿姆斯特朗友善相处，在纵情作乐的聚会上酒深人醉之时！），从而让我们参与拉丁美洲跟欧洲的奇妙对比；必须让一个工人和一个妓女的爱情，正如在雅克·斯蒂芬·亚历克西的《一眨眼的工夫》（一九五九）中一样，发生在海地的一家妓院内，而背景是一个由一群北美水手嫖客所代表的完全陌生的世界；因为英国人与西班牙人面对征服拉丁美洲这一事件而产生的对比在空气中到处可以感受到："张开眼睛吧，哈里埃特小姐，记住，我们杀死了我们的印第安人，而且我们从未有勇气与印第安女人交配，好至少产生出一个混血儿国家来。"卡洛斯·富恩特斯的小说（《老外国佬》，一九八三）中的人物这样说。他是一个年老的北美人，迷失在了墨西哥的革命中。通过这些词，卡洛斯·富恩特斯抓住了两个美洲之间的区别，同时又抓住了两个相对立的残酷的原型：一种是扎根于鄙视中的残酷（更倾向于远距离杀人，不碰到敌人，甚至不见到他），另一种是沉浸在长久的亲密接触中的残酷（更喜欢眼睁睁看着敌人杀死他）……

在所有这些小说家中，进行对比的激情同时也是一种对空气的渴望，对空间的渴望，对呼吸的渴望：也就是对新形式的渴望；我想到了富恩特斯的《我们的土地》（一九七五），这是一次穿越好几个世纪和陆地的长途旅行；旅行中总是可以遇到同样一些人物，他们多亏了作者天马行空的奇思异想，在不同的时代，以同样的名字转世再生；他们的出现保证了小说结构的统一性。这一结构在小说形式的历史上，令人难以置信地矗立在可能性的最后边界上。

记忆的剧场

在《我们的土地》中，有一个人物，是位疯狂的学者。他拥有一个奇怪的实验室，称为“记忆的剧场”，一种源于中世纪的奇妙的装置，使他可以在屏幕上不仅仅打出所有发生过的事件，还可以打出所有可能发生的事件。照这个人物的说法，在“科学的记忆”之外，还存在着“诗人的记忆”，它可以将真实的历史和所有可能的事件相叠加，包含“有关一个全部的过去的全部知识”。

就好像从他那位疯狂的学者那里获得了灵感一样，富恩特斯在《我们的土地》中展示了西班牙形形色色的历史人物，众国王与王后，但他们的经历跟真正发生过的并不相似。富恩特斯投影在他自己的“记忆的剧场”屏幕上的，不是西班牙的历史，而是关于西班牙历史的主题的奇思异想。

这让我想到了卡齐米日·布兰迪斯的《第三个亨利》

(一九七四)中十分好笑的一段：在一所美洲的大学里，一个波兰移民在讲授自己国家的文学史。他知道没有人清楚这段历史，于是，为了好玩，他开始杜撰一种并不存在的文学，由一些从未存在过的作者与作品组成。在学年结束之际，他十分失望地发现，这一想象出来的历史与真实发生过的历史并没有本质上的区别。他所杜撰的，都已经发生过，他的捉弄忠实地反映了波兰文学的意义与本质。

罗伯特·穆齐尔也有他的“记忆的剧场”。他在里面观察一个强大的维也纳机构的活动，机构名为“平行行动”，一心为一九一四年皇帝诞辰准备庆祝活动，并意图使之成为一个全欧洲的和平大庆祝活动(是的，又是一个特大的黑色笑话！)。《没有个性的人》的整个情节发生在整整两千页内，就以这个从未存在过的重要的知识、政治、外交、上流社会的机构为核心。

穆齐尔着迷于现代人的存在的秘密，将历史事件视为(我引用他的原话)“可以互换的”(vertauschbar)；因为战争的日期，征服者与被征服者的姓名，不同的政治举措，都是一种变化与对换游戏的结果，其限制由深层、隐秘的力量所决定。经常，这些力量以一种更具说明性的方式，出现在历史的另一种变体中，而非在偶然实现的那一种形式中。

对延续性的意识

你对我说，他们憎恨你？但这又意味着什么，“他们”？每个人都以一种不同的方式来憎恨你，请放心，在他们中间肯定有人是爱你的。语法可以用变戏法一样的本领，将一大批个体转化为被称为“我们”或“他们”的同一个整体，同一个主体，同一个“主体元素”，但其实，作为具体的现实，它并不存在。年老的艾迪死在她的大家庭中间。福克纳在他的小说《我弥留之际》（一九三〇）中讲述她如何被放在棺材里，经过长长的旅行，被运往美国偏远一角的墓地。这一叙述的人物是一群人，一个家庭集体；是他们的尸体，他们的旅行。但是，通过小说的形式，福克纳挫败了复数骗局：因为并非一个叙述者，而是众多的人物本身（共有十五个人），在六十个短小的章节中，每个人以自己的方式，讲述病情的发展。

在福克纳的这部小说中，有一种给人留下非常深刻印象的倾向，那就是摧毁复数的语法欺骗性，从而摧毁惟一的叙述者的权力的倾向。这一倾向，作为一种可能性，早在小说艺术的肇始阶段就已经产生萌芽，而在十八世纪非常流行的“书信体小说”的形式中，就几乎成为一种系统性出现的东西。这一形式马上打破了在“故事”与人物之间的力量关系：不再是一个“故事”的逻辑全然决定哪一个人物在哪一个时刻将进入小说的舞台。在这一形式中，人物被解放了出来，每个人物都拥有话语的自由，自己成为游戏的主人；因为，一封信，顾名思义，是一个写信人的心声，他可以想说什么就说什么，可以自由地离题，从一个主题跳到另一个主题。

当我想到“书信体小说”的形式和它巨大的可能性时，不由得心驰神往；我越想就越觉得这些可能性并没有被挖掘尽，甚至没有被看到：啊，作者可以在一个奇妙的整体中，极其自然地放入各种离题、插曲、思考和回忆，将同一事件的不同版本和阐释进行对比！可惜的是，“书信体小说”有了它的理查森和卢梭，但没有出一个斯特恩。它放弃了它的自由，因为它被“故事”的暴君式权威慑住了。于是我又想起了富恩特斯的那位疯狂的学者，我觉得，一种艺术的历史（一种艺术“全部的过去”）不光由这一艺术已经创造出的东西组成，而且也由它原本可以创造出的东西组成；既由它所有已完成的作品组成，又由它可能而未完成的作品组成。但在这一点上我就不多提了。在所有的“书信体小说”中，有一部很伟大的著作，经受住了时间的考验，那就是肖代洛·德·拉克洛的《危险关系》(一七八二)；在我读《我弥留之际》的时候，想到的就是这部小说。

这两部作品的联系并非是其中的一部被另一部影响了，而是它们属于同一艺术的同一历史，并关注这一历史向它们提出的一个重大问题：即惟一的叙述者的权力滥用的问题。这两部作品虽然被那么长的时间隔开，却有着同一种打破这一权力的欲望，希望将叙述者从王座上拉下来。(而且，它们的反叛面向的不仅仅是文学理论意义上的叙述者，同时还攻击作为叙述者的历史可怕的权力，亘古以来，历史就向人类讲述着一个关于所有存在的公认的、规定的惟一版本。)将《危险关系》作为背景参照，福克纳的小说非同寻常的形式就会显示出它全部的深刻涵义。同样，相反的，《我弥留之际》使人可以看见拉克洛巨大的艺术勇气，因为他从各种不同的角度，照明了同一个“故事”，使他的小说成为一系列个别真理和它们不可简化的相对性的狂欢。

我们可以这样来讲所有的小说：它们共同的历史将它们放到了许多照明它们的意义、延续它们的光芒、保护它们免于遗忘的相互关联之中。弗朗索瓦·拉伯雷还会留下些什么，假如斯特恩、狄德罗、贡布罗维奇、万楚拉、格拉斯、加达、富恩特斯、加西亚·马尔克斯、基什、戈伊蒂索洛、夏姆瓦佐、拉什迪没有让他疯狂的回声在他们各自的小说中响起？正是在《我们的土地》（一九七五）照明下，《梦游者》（一九二九至一九三二）让人看到了它的美学新颖性的全部意义，而这意义在它刚刚出版时，是几乎看不见的。也正是在与这两部小说的比较中，萨尔曼·拉什迪的《撒旦诗篇》（一九九一）不再仅仅是转瞬即逝的政治时事，而成了一部伟大的作品。它以各个时代、各片陆地梦幻般的对比，发展了现代小说最大胆的可能性。还有《尤利西斯》！只有一个非常熟悉小说的艺术对现时的神秘、对生活中每一秒钟蕴藏着的丰富性、对存在中的无意义保持的古老激情的人，才会理解这部作品。放置到小说历史的背景之外，《尤利西斯》只能是一时的心血来潮，是一个疯子令人无法理解的怪异之作。

艺术作品一旦从它们的艺术的历史中扯出来，就剩不下什么东西了。

永 恒

曾经有过很长的时期，艺术并不追求新颖，而是自豪地让重复显得美丽，巩固传统，保证一种集体生活的稳定性。当时，音乐与舞蹈只是在社会习俗、弥撒和节庆的范围内才存在。后来，到了十二世纪，有一天，巴黎教会的一个音乐家突发奇想，在几个世纪都没有变化的、由罗马教皇格列高利核定的单旋律圣歌中，以对位的形式，加上了一个声音。基本的旋律还保持不变，与远古以来一样，但以对位形式出现的声音是全新的，由此而产生了别的新东西，三个声音，乃至四个声音、六个声音，渐至越来越复杂而意想不到的复调的形式。由于作曲家们不再模仿以前做过的东西，他们也就失去了匿名状态，他们的名字就像一盏盏明灯，排列在向远方延伸的过程中。音乐开始腾飞起来，在几个世纪之后，成就了音乐的历史。

所有的欧洲艺术，每一种都在它特定的时刻，就这样腾飞起来，转化为它自身的历史。这就是欧洲的伟大奇迹：并非它的艺术，而是它转化成了历史的艺术。

可惜呀，奇迹只持续短暂的时间。腾飞的，有一天终会落地。我深感焦虑，想象有一天，艺术将不再去寻找从未说过的东西，而会乖乖地为集体生活服务。集体生活将要求它使重复显得美丽，帮助个体祥和地、快乐地混入生命的一致性中。

因为艺术的历史是会灭亡的。艺术的叽叽喳喳是永恒的。